Thomas Mann

HERR UND HUND

Ein Idyll

S. Fischer Verlag

Die Erstausgabe von ›Herr und Hund‹ erschien 1919 als einmalige Vorzugsausgabe zugunsten bedürftiger Schriftsteller (mit einer ›Vorsatz‹ genannten Einleitung); gleichzeitig (ohne den ›Vorsatz‹) im S. Fischer Verlag, Berlin, zusammen mit ›Gesang vom Kindchen‹. ›Brief an einen Hund‹, mitgeteilt von Luise Pagenstecher, wurde erstmals gedruckt als Faksimile in ›Welt am Sonntag‹, Hamburg, 31. Oktober 1948.

Druck: Wagner GmbH, Nördlingen
Einband: G. Lachenmaier, Reutlingen
Printed in Germany 1985
ISBN 3-10-048251-4

Vorsatz

Im Folgenden ist ausschließlich von meinem Hunde Bauschan die Rede, wovon reellerweise im voraus jedermann ausdrücklich verständigt sei, damit niemand später getäuschte Erwartungen einklagen könne, sondern jeder, den die Beschäftigung mit einem so nebensächlichen Gegenstand unter seiner geistigen Würde dünkt, diese Blätter sogleich und ohne unersetzlichen Zeitverlust wieder beiseite werfe. Der Leser lasse sich durch die festliche Sorgfalt, die man ihrer Erscheinung gewidmet, nur ja nicht irren! Denn weder werden höhere Probleme der Sittlichkeit darin aufgeworfen noch bedeutende Charaktere zergliedert, geschweige denn, daß die gesellschaftliche Frage ihrer Lösung nähergeführt würde. Auch gilt es nicht, zur sublimen Beklemmung und Befreiung des Genießenden den Knoten einer leidenschaftlichen Handlung zu knüpfen und zu lösen. Sondern einzig darauf, die Gestalt jenes redlichen, behenden und bei aller Demut mit soviel schöner Eigenwürde ausgestatteten Warmblüters und Freundes in der Ruhe wie in der Bewegung der Anschauung recht unwiderstehlich aufzunötigen, ist der Schriftsteller bedacht; und auch der illustrierende Künstler erklärt sich so gewillt wie verbunden, die ganze Genauigkeit und Heiterkeit seines Talentes auf eben dieser unscheinbaren Gestalt zu versammeln, ohne seinem Ehrgeiz für diesmal höhere Ziele zu gönnen. So geschieht es, daß zwei namhafte Meister sich zu dem alleinigen Zweck verbünden, einem wenig erleuchteten Stückchen Leben von flüchtigem Herzschlage, welches nicht einmal dem Menschengeschlechte angehört und, wie übrigens das Leben meistens oder überhaupt, weit entfernt ist, zu schätzen oder auch nur zu ahnen, was ihm da Neidenswertes geschieht, ein kostbar dauerndes Denkmal zu errichten und an diese Aufgabe all ihren Ernst und Fleiß setzen wollen: eine Abrede, die leider kaum verfehlen wird, den Tadel der Vernunftwidrigkeit und des müßigen Leichtsinns auf sich zu ziehen, so als solle dringlich-wichtigeren Fragen damit ein Schnippchen geschlagen und denselben gleichsam auf der Nase gespielt werden. So weit aber wenigstens ist das Gewissen der beiden Autoren rein, als sie versichern können, daß sie ihr Übereinkommen ohne jeden Hintersinn durchaus um seiner selbst und seines erquicklichen Gegenstandes willen getroffen haben, der, wie schon ausgesagt, auf den Namen Bauschan hört und gesprungen kommt.

Was diesen Namen betrifft, so ist es sein wirklicher und ehrlicher, den er im Leben führt und dessen Schall seine höchste, gespannteste und bewegteste Aufmerksamkeit wachruft, ja, seine Gesamtmuskulatur von den Schlappohren bis zum Stummelschwanz in stürmische Tätigkeit versetzt. Wir verschmähen es ganz und gar, ihm hier einen Kunst- und Kriegsnamen anzuhängen und begeben uns aller novellistischen Ziererei. Wir entwerfen ein Bildnis und setzen geradhin und einfach den Namen seines Urbildes darunter, nämlich ›Bauschan‹.

Das lautet humoristisch-niedersächsisch, und eine Kindheitserinnerung war bei der Namengebung im Spiele: ein Bauernhund hieß so in einem gemütvoll plattdeutschen Roman. Die Ableitung ist strittig; wahrscheinlich aber liegt eine zutrauliche Verballhornung von Bastian, das heißt: Sebastian, vor. Nach dieser etymologischen Annahme also wäre es der Name des Anmutig-Tapfersten unter den Märtyrern und Heiligen, der unsern

Helden ziert, und wenn das freilich ohne Vorbedacht und keineswegs in pathetischer Absicht seinerzeit angeordnet wurde, so findet Verfasser doch nachträglich nicht das geringste dagegen einzuwenden.

Dieser ›Vorsatz‹ wurde geschrieben als Einleitung zur ersten Ausgabe von ›Herr und Hund‹, einer einmaligen Vorzugsausgabe zugunsten bedürftiger Schriftsteller mit Buchschmuck von Emil Preetorius.

Er kommt um die Ecke

Wenn die schöne Jahreszeit ihrem Namen Ehre macht und das Tirili der Vögel mich zeitig wecken konnte, weil ich den vorigen Tag zur rechten Stunde beendigte, gehe ich gern schon vor der ersten Mahlzeit und ohne Hut auf eine halbe Stunde ins Freie, in die Allee vorm Hause oder auch in die weiteren Anlagen, um von der jungen Morgenluft einige Züge zu tun und, bevor die Arbeit mich hinnimmt, an den Freuden der reinen Frühe ein wenig teilzuhaben. Auf den Stufen, welche zur Haustüre führen, lasse ich dann einen Pfiff von zwei Tönen hören, Grundton und tiefere Quart, so, wie die Melodie des zweiten Satzes von Schuberts unvollendeter Sinfonie beginnt, – ein Signal, das etwa als die Vertonung eines zweisilbigen Rufnamens gelten kann. Schon im nächsten Augenblick, während ich gegen die Gartenpforte weitergehe, wird in der Ferne, kaum hörbar zuerst, doch rasch sich nähernd und verdeutlichend, ein feines Klingeln laut, wie es entstehen mag, wenn eine Polizeimarke gegen den Metallbeschlag eines Halsbandes schlägt; und wenn ich mich umwende, sehe ich Bauschan in vollem Lauf um die rückwärtige Hausecke biegen und gerade auf mich zustürzen, als plane er, mich über den Haufen zu rennen. Vor Anstrengung schürzt er die Unterlippe ein wenig, so daß zwei, drei seiner unteren Vorderzähne entblößt sind und prächtig weiß in der frühen Sonne blitzen.

Er kommt aus seiner Hütte, die dort hinten unter dem Boden der auf Pfeilern ruhenden Veranda steht, und worin er, bis mein zweisilbiger Pfiff ihn aufs äußerste belebte, nach wechselvoll verbrachter Nacht in kurzem Morgenschlummer gelegen haben mag. Die Hütte ist mit Vorhängen aus derbem Stoff versehen und mit Stroh ausgelegt, woher es kommt, daß ein oder der andere Halm in Bauschans obendrein vom Liegen etwas struppigem Fell haftet oder sogar zwischen seinen Zehen steckt: ein Anblick, der mich jedesmal an den alten Grafen von Moor erinnert, wie ich ihn einst, in einer Aufführung von höchst akkurater Einbildungskraft, dem Hungerturme entsteigen sah, einen Strohhalm zwischen zwei Trikotzehen seiner armen Füße. Unwillkürlich stelle ich mich seitlich gegen den Heranstürmenden, in Abwehrpositur, denn seine Scheinabsicht, mir zwischen die Füße zu stoßen und mich zu Falle zu bringen, hat unfehlbare Täuschungskraft. Im letzten Augenblick aber und dicht vor dem Anprall weiß er zu bremsen und einzuschwenken, was sowohl für seine körperliche als seine geistige Selbstbeherrschung zeugt; und nun beginnt er, ohne Laut zu geben — denn er macht einen sparsamen Gebrauch von seiner sonoren und ausdrucksfähigen Stimme —, einen wirren Begrüßungstanz um mich herum zu vollführen, bestehend aus Trampeln, maßlosem Wedeln, das sich nicht auf das hierzu bestimmte Ausdruckswerkzeug des Schwanzes beschränkt, sondern den ganzen Hinterleib bis zu den Rippen in Mitleidenschaft zieht, ferner einem ringelnden Sichzusammenziehen seines Körpers, sowie schnellenden, schleudernden Luftsprüngen nebst Drehungen um die eigene Achse, — Aufführungen, die er aber merkwürdigerweise meinen Blicken zu entziehen trachtet, indem er ihren Schauplatz, wie ich mich auch wende, immer auf die entgegengesetzte Seite verlegt. In dem Augenblick jedoch, wo ich mich niederbeuge und die Hand ausstrecke, ist er plötzlich mit einem Sprunge neben mir und steht, die Schulter gegen mein Schienbein gepreßt, wie eine Bildsäule: schräg an mich gelehnt steht er, die starken Pfoten gegen den Boden gestemmt, das Gesicht gegen das meine erhoben, so daß er mir verkehrt und von unten herauf in die Augen blickt, und seine Reglosigkeit, während ich ihm unter halblauten und guten Worten das Schulterblatt klopfe, atmet dieselbe Konzentration und Leidenschaft wie der vorhergegangene Taumel.

Es ist ein kurzhaariger deutscher Hühnerhund, – wenn man diese Bezeichnung nicht allzu streng und strikt nehmen, sondern sie mit einem Körnchen Salz verstehen will; denn ein Hühnerhund wie er im Buche steht und nach der peinlichsten Observanz ist Bauschan wohl eigentlich nicht. Für einen solchen ist er erstens vielleicht ein wenig zu klein, – er ist, dies will betont sein, entschieden etwas *unter* der Größe eines Vorstehhundes; und dann sind auch seine Vorderbeine nicht ganz gerade, eher etwas nach außen gebogen, – was ebenfalls jenem Idealbilde reiner Züchtung nur ungenau entsprechen mag. Die kleine Neigung zur »Wamme«, das heißt: zu jener faltigen Hautsackbildung am Halse, die einen so würdigen Ausdruck verleihen kann, kleidet ihn ausgezeichnet; doch würde auch sie wohl von unerbittlichen Zuchtmeistern als fehlerhaft beanstandet werden, denn beim Hühnerhund, höre ich, soll die Halshaut glatt die Kehle umspannen. Bauschans Färbung ist sehr schön. Sein Fell ist rostbraun im Grunde und schwarz getigert. Aber auch viel Weiß mischt sich darein, das an der Brust, den Pfoten, dem Bauche entschieden vorherrscht, während die ganze gedrungene Nase in Schwarz getaucht

erscheint. Auf seinem breiten Schädeldach sowie an den kühlen Ohrlappen bildet das Schwarz mit dem Rostbraun ein schönes, samtenes Muster, und zum Erfreulichsten an seiner Erscheinung ist der Wirbel, Büschel oder Zipfel zu rechnen, zu dem das weiße Haar an seiner Brust sich zusammendreht, und der gleich dem Stachel alter Brustharnische waagerecht vorragt. Übrigens mag auch die etwas willkürliche Farbenpracht seines Felles demjenigen für »unzulässig« gelten, dem die Gesetze der Art vor den Persönlichkeitswerten gehen, denn der klassische Hühnerhund hat möglicherweise einfarbig oder mit abweichend gefärbten Platten geschmückt, aber nicht getigert zu sein. Am eindringlichsten aber mahnt von einer starr schematisierenden Einreihung Bauschans eine gewisse hängende Behaarungsart seiner Mundwinkel und der Unterseite seines Maules ab, die man nicht ohne einen Schein von Recht als Schnauz- und Knebelbart ansprechen könnte, und die, wenn man sie eben ins Auge faßt, von fern oder näherhin an den Typus des Pinschers oder Schnauzels denken läßt.
Aber Hühnerhund her und Pinscher hin – welch ein schönes und gutes Tier ist Bauschan auf jeden Fall, wie er da straff an mein Knie gelehnt steht und mit tief gesammelter Hingabe zu mir emporblickt! Namentlich das Auge ist schön, sanft und klug, wenn auch vielleicht ein wenig gläsern vortretend. Die Iris ist rostbraun – von der Farbe des Felles; doch bildet sie eigentlich nur einen schmalen Ring, vermöge einer gewaltigen Ausdehnung der schwarz spiegelnden Pupillen, und andererseits tritt ihre Färbung ins Weiße des Auges über und schwimmt darin. Der Ausdruck seines Kopfes, ein Ausdruck verständigen Biedersin-

nes, bekundet eine Männlichkeit seines moralischen Teiles, die sein Körperbau im Physischen wiederholt: der gewölbte Brustkorb, unter dessen glatt und geschmeidig anliegender Haut die Rippen sich kräftig abzeichnen, die eingezogenen Hüften, die nervicht geäderten Beine, die derben und wohlgebildeten Füße — dies alles spricht von Wackerkeit und viriler Tugend, es spricht von bäurischem Jägerblut, ja, der Jäger und Vorsteher waltet eben doch mächtig vor in Bauschans Bildung, er ist ein rechtlicher Hühnerhund, wenn man mich fragt, obgleich er gewiß keinem Akte hochnäsiger Inzucht sein Dasein verdankt; und eben dies mag denn auch der Sinn der sonst ziemlich verworrenen und logisch ungeordneten Worte sein, die ich an ihn richte, während ich ihm das Schulterblatt klopfe.

Er steht und schaut, er lauscht auf den Tonfall meiner Stimme, durchdringt sie mit den Akzenten einer entschiedenen Billigung seiner Existenz, die ich meiner Ansprache stark aufsetze. Und plötzlich vollführt er, den Kopf vorstoßend und die Lippen rasch öffnend und schließend, einen Schnapper hinauf gegen mein Gesicht, als wollte er mir die Nase abbeißen, eine Pantomime, die offenbar als Antwort auf mein Zureden gemeint ist und mich regelmäßig lachend zurückprallen läßt, was Bauschan auch im voraus weiß. Es ist eine Art Luftkuß, halb Zärtlichkeit, halb Neckerei, ein Manöver, das ihm von klein auf eigentümlich war, während ich es sonst bei keinem seiner Vorgänger beobachtete. Übrigens entschuldigt er sich sogleich durch Wedeln, kurze Verbeugungen und eine verlegen-heitere Miene für die Freiheit, die er sich nahm. Und dann treten wir durch die Gartenpforte ins Freie.

Rauschen wie das des Meeres umgibt uns, denn mein Haus liegt fast unmittelbar an dem schnell strömenden und über flache Terrassen schäumenden Fluß getrennt von ihm nur durch die Pappelallee, einen eingegitterten, mit jungem Ahorn bepflanzten Grasstreifen und einen erhöhten Weg, den gewaltige Espen einsäumen, weidenartig bizarr sich gebärdende Riesen, deren weiße, samentragende Wolle zu Anfang Juni die ganze Gegend verschneit. Flußaufwärts, gegen die Stadt hin, üben Pioniere sich im Bau einer Pontonbrücke. Die Tritte ihrer schweren Stiefel auf den Brettern und Rufe der Befehlshaber schallen herüber. Aber vom jenseitigen Ufer kommen Geräusche des Gewerbefleißes, denn dort, eine Strecke flußabwärts vom Hause, ist eine Lokomotivenfabrik mit zeitgemäß erweitertem Tätigkeitsbezirk gelegen, deren hohe Hallenfenster zu jeder Nachtstunde durch das Dunkel glühen. Neue und schön lackierte Maschinen eilen dort probeweise hin und her; eine Dampfpfeife läßt zuweilen ihren heulenden Kopfton hören, dumpfes Gepolter unbestimmter Herkunft erschüttert von Zeit zu Zeit die Luft, und aus mehreren Turmschloten quillt der Rauch, den aber ein günstiger Wind hinwegtreibt, über die jenseitigen Waldungen hin, und der überhaupt nur schwer über den Fluß gelangt. So mischen sich in der vorstädtisch-halbländlichen Abgeschiedenheit dieser Gegend die Laute in sich selbst versunkener Natur mit denen menschlicher Regsamkeit, und über allem liegt die blankäugige Frische der Morgenstunde.

Es mag halb acht Uhr sein im Sinne des Gesetzes, wenn ich so ausgehe, in Wirklichkeit also halb sieben. Ich gehe, die Arme auf dem Rücken, im zarten Sonnenschein die von den langen Schatten der Pappeln schraffierte Allee hinunter, ich sehe den Fluß nicht von hier, aber ich höre seinen breiten, gleichmäßigen Gang; gelinde flüstert es in den Bäumen, das durchdringende Zirpen, Flöten, Zwitschern und schluchzende Trillern der Singvögel erfüllt die Luft, unter dem feuchtblauen Himmel steuert ein Flugzeug, von Osten kommend, ein starr mechanischer Vogel, mit leise an- und abschwellendem Dröhnen, über Land und Fluß hin seine unabhängige Bahn, und Bauschan erfreut mein Auge durch schöne, gestreckte Sprünge über das niedrige Gitter des Grasstreifens zur Linken, hinüber – herüber. Er springt in der Tat, weil er weiß, daß ich Gefallen daran finde; denn öfters habe ich ihn durch Zurufe und Klopfen auf das Gitter dazu angehalten und ihn belobt, wenn er meinem Wunsche entsprochen hatte; und auch jetzt kommt er beinahe nach jedem Satz, um sich sagen zu lassen, daß er ein kühner und eleganter Springer ist, worauf er auch noch gegen mein Gesicht emporspringt und meinen abwehrenden Arm mit der Nässe seines Maules verunreinigt. Zum zweiten aber obliegt er diesen Übungen im Sinne einer gymnastischen Morgentoilette; denn er glättet sein rauhgelegenes Fell durch die turnerische Bewegung und verliert daraus die Strohhalme des alten Moor, die es verunzierten.

Es ist gut, so am Morgen zu gehen, die Sinne verjüngt, die Seele gereinigt von dem Heilbade und langen Lethetrunke der Nacht. Mit kräftigem Vertrauen blickst du dem bevorstehenden Tage entgegen, aber du zögerst wohlig, ihn zu beginnen, Herr einer außerordentlichen, unbeanspruchten und unbeschwerten Zeitspanne zwischen Traum und Tag, die dir zum

Lohn ward für eine sittliche Führung. Die Illusion eines stetigen, einfachen, unzerstreuten und beschaulich in sich gekehrten Lebens, die Illusion, ganz dir selbst zu gehören, beglückt dich; denn der Mensch ist geneigt, seinen augenblicklichen Zustand, sei dieser nun heiter oder verworren, friedlich oder leidenschaftlich, für den wahren, eigentümlichen und dauernden seines Lebens zu halten und namentlich jedes glückliche ex tempore sogleich in seiner Phantasie zur schönen Regel und unverbrüchlichen Gepflogenheit zu erheben, während er doch eigentlich verurteilt ist, aus dem Stegreif und moralisch von der Hand in den Mund zu leben. So glaubst du auch jetzt, die Morgenluft einziehend, an deine Freiheit und Tugend, während du wissen solltest und im Grunde auch weißt, daß die Welt ihre Netze bereit hält, dich darein zu verstricken, und daß du wahrscheinlich morgen schon wieder bis neun Uhr im Bette liegen wirst, weil du um zwei erhitzt, umnebelt und leidenschaftlich unterhalten hineingefunden . . . Sei es denn so. Heute bist du der Mann der Nüchternheit und der Frühe, der rechte Herr des Jägerburschen da, der eben wieder über das Gitter setzt, vor Freude, daß du heute mit ihm und nicht mit der Welt dort hinten leben zu wollen scheinst.

Wir verfolgen die Allee etwa fünf Minuten weit, bis zu dem Punkte, wo sie aufhört Allee zu sein und als grobe Kieswüste weiter dem Lauf des Flusses folgt; wir lassen diesen im Rücken und schlagen eine breit angelegte und, wie die Allee, mit einem Radfahrweg versehene, aber noch unbebaute Straße von feinerem Kiesgrund ein, die rechtshin, zwischen niedriger gelegenen Waldparzellen, gegen den Hang führt, welcher unsere Ufergegend, Bauschans Lebensschauplatz, im Osten begrenzt. Wir überschreiten eine andere, offen zwischen Wald und Wiesen hinlaufende Straße von ähnlichem Zukunftscharakter, die weiter oben, gegen die Stadt und die Trambahnhaltestelle hin, geschlossen mit Miethäusern bebaut ist; und ein abfallender Kiesweg führt uns in einen schön angelegten Grund, kurgartenartig zu schauen, aber menschenleer, wie die ganze Örtlichkeit um diese Stunde, mit Ruhebänken an den gewölbten Wegen, die sich an mehreren Stellen zu Rondells, reinlichen Kinderspielplätzen erweitern, und geräumigen Rasenplänen, auf welchen alte und wohlgeformte Bäume mit tiefherabreichenden Kronen, so daß nur ein kurzes Stück der Stämme über dem Rasen zu sehen ist – Ulmen, Buchen, Linden und silbrige Weiden –, in parkgemäßen Gruppen stehen. Ich habe meine Freude an der sorgfältigen Anlage, in der ich nicht ungestörter wandeln könnte, wenn sie mir gehörte. An nichts hat man es fehlen lassen. Die Kiespfade, welche die umgebenden sanften Grashänge herabkommen, sind sogar mit zementierten Rinnsteinen versehen. Und es gibt tiefe und anmutige Durchblicke zwischen all dem Grün, mit der Architektur einer der Villen als fernem Abschluß, die von zwei Seiten hereinblicken.

Hier ergehe ich mich ein Weilchen auf den Wegen, während Bauschan in zentrifugaler Schräglage seines Körpers, berauscht vom Glücke des planen Raumes, die Rasenplätze mit tummelnden Kreuzundquer-Galoppaden erfüllt oder etwa mit einem Gebell, worin Entrüstung und Vergnügen sich mischen, ein Vöglein verfolgt, das, von Angst behext oder um ihn zu nekken, immer dicht vor seinem Maule dahinflattert. Da ich mich aber auf eine Bank setze, ist auch er zur Stelle und nimmt auf meinem Fuße Platz. Denn ein Gesetz seines Lebens ist, daß er nur rennt, wenn ich selbst mich in Bewegung befinde, sobald ich mich aber niederlasse, ebenfalls Ruhe beobachtet. Das hat keine erkennbare Notwendigkeit; aber Bauschan hält fest daran.

Es ist sonderbar, traulich und drollig, ihn auf meinem Fuße sitzen zu fühlen, den er mit seiner fieberhaften Körperwärme durchdringt. Erheiterung und Sympathie bewegen mir die Brust, wie fast ohne Unterlaß in seiner Gesellschft und Anschauung. Er hat eine stark bäurische Art zu sitzen, die Schulterblätter nach außen gedreht, bei ungleichmäßig einwärts gestellten Pfoten. Seine Figur scheint kleiner und plumper, als wahr ist, in diesem Zustande, und mit komischer Wirkung wird der weiße Haarwirbel an seiner Brust dabei vorgedrängt. Aber der würdig in den Nacken gestemmte Kopf macht jede Einbuße an schöner Haltung wett kraft all der hohen Aufmerksamkeit, die sich darin ausprägt . . . Es ist so still, da wir beide uns still verhalten. Sehr abgedämpft dringt das Rauschen des Flusses hierher. Da werden die kleinen und heimlichen Regungen in der Runde bedeutend und spannen die Sinne: das kurze Rascheln einer Eidechse, ein Vogellaut, das Wühlen eines Maulwurfs im Grunde. Bauschans Ohren sind aufgerichtet, soweit eben die Muskulatur von Schlappohren dies zuläßt. Er legt den Kopf schief, um sein Gehör zu schärfen. Und die Flügel seiner feuchtschwarzen Nase sind in unaufhörlicher, empfindlich witternder Bewegung.

Dann legt er sich nieder, wobei er jedoch die Berührung mit meinem Fuße wahrt. Er liegt im Profil gegen mich, in der uralten, ebenmäßigen und tierisch-idolhaften Haltung der Sphinx, Kopf und Brust erhoben, die vier Oberschenkel am Leibe, die Pfoten gleichlaufend vorgestreckt. Da ihm warm geworden, öffnet er den Rachen, wodurch die gesammelte Klugheit seiner Miene sich ins Bestialische löst, seine Augen sich blinzelnd verschmälern; und zwischen seinen weißen, kernigen Eckzähnen schlappt lang eine rosenrote Zunge hervor.

Wie wir Bauschan gewannen

Ein ansprechend gedrungenes, schwarzäugiges Fräulein, das, unterstützt von einer kräftig heranwachsenden und ebenfalls schwarzäugigen Tochter, in der Nähe von Tölz eine Bergwirtschaft betreibt, vermittelte uns die Bekanntschaft mit Bauschan und seine Erwerbung. Das ist zwei Jahre her, und er war damals ein halbes alt. Anastasia – dies der Name der Wirtin – wußte wohl, daß wir unsern Percy, einen schottischen Schäferhund und harmlos geisteskranken Aristokraten, der bei vorgerücktem Alter von einer peinvollen und entstellenden Hautkrankheit heimgesucht worden, hatten erschießen lassen müssen und seit Jahr und Tag des Wächters entbehrten. Darum meldete sie uns von ihrem Berge herab durch den Fernsprecher, daß ein Hund, wie wir ihn uns nur wünschen könnten, sich bei ihr in Kost und Kommission befinde und jederzeit zu besichtigen sei.

So stiegen wir denn, da die Kinder drängten und die Neugier der Erwachsenen kaum hinter der ihren zurückstand, schon am folgenden Nachmittag Anastasias Höhe hinan und fanden die Pächterin in ihrer geräumigen, von warmen und nahrhaften Dünsten erfüllten Küche, wo sie, die runden Unterarme entblößt und das Kleid am Halse geöffnet, mit hochgerötetem, feuchtem Gesicht die Abendmahlzeit für ihre Pensionäre bereitete, wobei die Tochter, in ruhigem Fleiße hin und her gehend, ihr Handreichungen leistete. Wir wurden freundlich begrüßt; daß wir die Angelegenheit nicht auf die lange Bank geschoben und den Weg daher gleich gefunden hätten, ward lobend bemerkt. Und auf unser fragendes Umsehen führte Resi, die Tochter, uns vor den Küchentisch, wo sie die Hände auf die Knie stützte und einige schmeichelnd ermutigende Worte unter die Platte richtete. Denn dort, mit einem schadhaften Strick an ein Tischbein gebunden, stand ein Wesen, dessen wir im lodernden Halbdunkel des Raumes bisher nicht gewahr geworden, bei dessen Anblick aber niemand eines jammervollen Gelächters sich hätte enthalten können.

Er stand da auf hohen Knickbeinen, den Schwanz zwischen den Hinterschenkeln, die vier Füße nahe beieinander, den Rücken gekrümmt, und zitterte. Er mochte vor Furcht zittern, aber man gewann eher den Eindruck, daß es aus Mangel an wärmendem Fleische geschähe, denn nur ein Skelettchen stellte das Wesen dar, ein Brustgitter nebst Wirbelsäule, mit ruppigem Fell überzogen und vierfach gestelzt. Er hatte die Ohren zurückgelegt — eine Muskelstellung, die ja sofort jedes Licht verständigen Frohmuts in einer Hundephysiognomie zum Erlöschen bringt und in seinem übrigens noch ganz kindlichen Gesicht diese Wirkung denn auch so völlig erzielte, daß nichts als Dummheit und Elend sowie die inständige Bitte um Nachsicht sich darin ausdrückten, wozu noch kam, daß das, was man noch heute seinen Schnauz- und Knebelbart nennen könnte, damals im Verhältnis viel stärker ausgebildet war und dem Gesamtjammer seiner Erscheinung eine Schattierung säuerlicher Schwermut hinzufügte.

Alles beugte sich nieder, um dem Kummerbilde Lock- und Trostworte zuzuwenden. Und in den mitleidigen Jubel der Kinder hinein gab Anastasia vom Herde her ihre Erläuterungen zu der Person des Köstlings. Er werde vorläufig Lux gerufen und sei bester Eltern Sohn, sagte sie mit ihrer angenehmen, gesetzten Stimme. Die Mutter habe sie selbst gekannt und von dem Vater nur Gutes gehört. Gebürtig sei Lux von einer Ökonomie in Huglfing, und nur bestimmter Umstände wegen wünschten seine Besitzer ihn preiswert abzugeben, weshalb sie ihn zu ihr gebracht hätten, im Hinblick auf den vielfachen Verkehr in ihrem Hause. Sie seien in ihrem Wägelchen gekommen, und Lux sei unverzagt zwischen den Hinterrädern gelaufen, die ganzen zwanzig Kilometer. Gleich habe sie ihn uns zugedacht, da wir nach einem guten Hunde doch ausschauten, und sie sei beinahe gewiß, daß wir uns zu ihm entschließen würden. Wollten wir es doch tun, dann sei allen Teilen geholfen! Wir würden bestimmt viel Freude an ihm haben, er für sein Teil stehe dann nicht mehr allein in der Welt, sondern habe ein behagliches Plätzchen gefunden, und sie, Anastasia, könne beruhigt seiner gedenken. Wir möchten uns nur nicht durch das Gesicht, das er jetzt mache, gegen ihn einnehmen lassen. Jetzt sei er betreten und ohne Selbstvertrauen infolge der fremden Umgebung. Aber in kürzester Zeit werde es sich schon zeigen, daß er von hervorragend guten Eltern stamme.

– Ja, aber sie hätten offenbar nicht recht zueinander gepaßt?

– Doch; insofern es beides ausgezeichnete Tiere gewesen seien. In ihm lägen die besten Eigenschaften, dafür leiste sie, Fräulein Anastasia, Gewähr. Auch sei er unverwöhnt und mäßig in seinen Bedürfnissen, was heutzutage ja ins Gewicht falle: bisher habe er sich überhaupt nur mit Kartoffelschalen genährt. Wir sollten ihn nur erst einmal heimführen, probeweise und ohne Verbindlichkeit. Sie nehme ihn zurück und zahle die kleine Kaufsumme wieder, sollten wir finden, daß wir kein Herz zu ihm fassen könnten. Das sage sie ungescheut und besorge gar nicht, daß wir sie beim Wort nehmen möchten. Denn wie sie ihn kenne und uns kenne – beide Parteien also –, sei sie überzeugt, daß wir ihn liebgewinnen und gar nicht daran denken würden, uns wieder von ihm zu trennen.

Sie sagte noch vieles in diesem Sinne, ruhig fließend und angenehm, während sie am Herde hantierte und zuweilen die Flammen zauberisch vor ihr emporschlugen. Endlich kam sie sogar selbst und öffnete mit beiden Händen Luxens Maul, um uns seine schönen Zähne und aus irgendwelchen Gründen auch seinen rosigen, geriefelten Gaumen zu zeigen. Die fachmännisch vorgelegte Frage, ob er schon die Staupe gehabt, erklärte sie mit leichter Ungeduld nicht beantworten zu können. Und was die Größe betreffe, die er erreichen werde, so werde es die unseres verstorbenen

Percy sein, entgegnete sie schlagfertig. Es gab noch viel Hin und Her, viel warmherziges Zureden auf Anastasias Seite, das in den Fürbitten der Kinder Verstärkung fand, viel halbgewonnene Ratlosigkeit auf der unserigen. Schließlich suchten wir um kurze Bedenkzeit nach, die gern gewährt wurde, und stiegen nachdenklich zu Tal, unsere Eindrücke prüfend und überschlagend.

Aber den Kindern hatte die vierbeinige Trübsal unter dem Tisch es natürlich angetan, und wir Erwachsenen gaben uns vergebens die Miene, ihre Wahl- und Urteilslosigkeit zu belächeln: auch wir fühlten den Stachel im Herzen und sahen wohl, daß es uns schwer fallen würde, das Bild des armen Lux wieder aus unserm Gedächtnis zu tilgen. Was würde aus ihm werden, wenn wir ihn verschmähten? In welche Hände würde er geraten? Eine mysteriöse und schreckliche Gestalt erhob sich in unsrer Phantasie: der Wasenmeister, von dessen abscheulichem Zugriff wir Percy einst durch ein paar ritterliche Kugeln des Büchsenmachers und durch eine ehrliche Grabstätte am Rande unsres Gartens bewahrt hatten. Wollten wir Lux einem ungewissen und vielleicht schaurigen Schicksal überlassen, so hätten wir uns hüten sollen, seine Bekanntschaft zu machen und sein Kindergesicht mit dem Schnurr- und Knebelbart zu studieren; da wir um seine Existenz nun einmal wußten, schien eine Verantwortung auf uns gelegt, die wir schwerlich und nur gewaltsamerweise würden verleugnen können. — So kam es, daß schon der dritte Tag uns wieder jenen sanften Ausläufer der Alpen erklimmen sah. Nicht daß wir zu der Erwerbung entschlossen gewesen wären. Aber wir sahen wohl, daß die Sache, wie alles stand

und lag, einen andern Ausgang kaum würde nehmen können.
Diesmal saßen Anastasia und ihre Tochter an den Schmalseiten des Küchentisches einander gegenüber und tranken Kaffee. Zwischen ihnen, vor dem Tische, saß der mit dem vorläufigen Namen Lux – saß schon ganz so, wie er heute zu sitzen pflegt, die Schulterblätter bäurisch verdreht, die Pfoten einwärts gestellt, und hinter seinem vertragenen Lederhalsband stak ein Feldblumensträußchen, das eine festliche Aufhöhung seiner Erscheinung entschieden bewirkte und ihm ein wenig die Miene eines sonntäglich unternehmenden Dorfburschen oder ländlichen Hochzeiters verlieh. Das jüngere Fräulein, selbst schmuck in ihrer volkstümlichen Miedertracht, hatte ihn damit angetan, zum Einzuge in das neue Heim, wie sie sagte. Und Mutter und Tochter versicherten, nichts sei ihnen gewisser gewesen, als daß wir wiederkommen würden, um unsern Lux zu holen, und zwar ausgemacht heute.
So erwies sich denn gleich bei unserm Eintritt jede weitere Debatte als unmöglich und abgeschnitten. Anastasia bedankte sich in ihrer angenehmen Art für den Kaufschilling, den wir ihr einhändigten, und der sich auf zehn Mark belief. Es war klar, daß sie ihn uns mehr in unserm Interesse als in dem ihren oder dem der Ökonomensleute auferlegt hatte: um nämlich dem armen Lux in unsrer Vorstellung einen positiven und ziffernmäßigen Wert zu verleihen. Dies verstanden wir und erlegten die Abgabe gern. Lux ward losgebunden von seinem Tischbein, das Ende des Strikkes mir eingehändigt, und die freundlichsten Wünsche und Verheißungen folgten unserm Zuge über Fräulein Anastasias Küchenschwelle.

Es war kein Triumphzug, worin wir mit unserm neuen Hausgenossen den etwa einstündigen Heimweg zurücklegten, zumal der Hochzeiter sein Sträußchen in der Bewegung bald eingebüßt hatte. Wir lasen wohl Heiterkeit, aber auch spöttische Geringschätzung in den Blicken der Begegnenden, wozu die Gelegenheit sich vervielfältigte, als unser Weg uns durch den Marktflecken führte, und zwar der Länge nach. Zum Überfluß hatte sich bald herausgestellt, daß Lux, wahrscheinlich von langer Hand her, an einer Diarrhöe litt, was uns zu häufigem Verweilen unter den Augen der Städter zwang. Wir umstanden dann schützend im Kreise sein inniges Elend, indem wir uns fragten, ob es nicht schon die Staupe sei, die da ihre schlimmen Merkmale kundgebe – eine hinfällige Besorgnis, wie die Zukunft lehrte, die überhaupt an den Tag brachte, daß wir es mit einer reinen und festen Natur zu tun hatten, welche sich gegen Seuchen und Süchte bis auf diesen Augenblick im Kerne gefeit erwiesen hat.
Sobald wir angelangt, wurden die Dienstmädchen zur Stelle beordert, damit sie mit dem Familienzuwachs Bekanntschaft machten und auch wohl ihr bescheidenes Gutachten über ihn abgäben. Man sah wohl, wie sie sich zur Bewunderung anschickten; nachdem sie ihn aber ins Auge gefaßt und in unsern schwankenden Mienen gelesen, lachten sie derb, wandten dem traurig Blickenden die Schultern zu und machten abwehrende Handbewegungen gegen ihn. Hierdurch in dem Zweifel bestärkt, ob für den menschenfreundlichen Sinn der Spesen, die Anastasia uns abgefordert, Verständnis bei ihnen vorauszusetzen sei, sagten wir ihnen, daß wir den Hund geschenkt bekommen hätten, und führ-

ten Lux auf die Veranda, um ihm eine aus gehaltvollen Abfällen zusammengesetzte Empfangsmahlzeit anzubieten.

Kleinmut ließ ihn alles zurückweisen. Er beroch wohl die Bissen, zu denen man ihn einlud, stand aber scheu davon ab, unfähig, sich zu dem Glauben zu ermannen, daß Käserinde und Hühnerbeine für ihn bestimmt sein könnten. Dagegen schlug er das mit Seegras gefüllte Sackkissen nicht aus, das zu seiner Bequemlichkeit auf dem Flur bereitgelegt worden, und ruhte dort mit unter sich gezogenen Pfoten, während in den inneren Zimmern der Name beraten und endgültig bestimmt wurde, den er in Zukunft führen sollte.

Auch am folgenden Tag noch weigerte er sich, zu essen, dann folgte ein Zeitabschnitt, während dessen er ohne Maß und Unterschied alles verschlang, was in den Bereich seines Maules kam, bis er endlich in Dingen der Ernährung zu ruhiger Regel und prüfender Würde gelangte. Es ist damit der Prozeß seiner Eingewöhnung und bürgerlichen Festigung in großem Zuge bezeichnet. Ich verliere mich nicht in eine übergetreue Ausmalung dieses Prozesses. Er erlitt eine Unterbrechung durch das vorübergehende Abhandenkommen Bauschans: die Kinder hatten ihn in den Garten geführt, sie hatten ihn der Leine entledigt, um ihm Bewegungsfreiheit zu gönnen, und in einem unbewachten Augenblick hatte er durch die niedrige Lücke, die die Zaunpforte über dem Boden ließ, das Weite gewonnen. Sein Verschwinden erregte Bestürzung und Trauer, zum mindesten in der herrschaftlichen Sphäre, da die Dienstmädchen den Verlust eines geschenkten Hundes auf die leichte Achsel zu nehmen geneigt waren, oder ihn als Verlust wohl überhaupt

nicht anerkennen wollten. Das Telephon spielte stürmisch zwischen uns und Anastasias Bergwirtschaft, wo wir ihn hoffnungsweise vermuteten. Umsonst, er hatte sich dort nicht sehen lassen; und zwei Tage mußten vergehen, bis das Fräulein uns melden konnte, sie habe Botschaft aus Huglfing, vor anderthalb Stunden sei Lux auf der heimatlichen Ökonomie erschienen. Ja, er war dort, der Idealismus seines Instinktes hatte ihn zurückgezogen in die Welt der Kartoffelschalen und ihn die zwanzig Kilometer Weges, die er einst zwischen den Rädern zurückgelegt, in einsamen Tagemärschen, bei Wind und Wetter, wieder überwinden lassen! So mußten seine ehemaligen Besitzer ihr Wägelchen neuerdings anspannen, um ihn zunächst in Anastasias Hände zurückzuliefern, und nach Verlauf von weiteren zwei Tagen machten wir uns abermals auf, den Irrfahrer einzuholen, den wir wie vordem an das Tischbein gefesselt fanden, zerzaust und abgetrieben, mit dem Kot der Landstraßen bespritzt. Wahrhaftig, er gab Zeichen des Wiedererkennens und der Freude, als er unsrer ansichtig wurde! Aber warum hatte er uns dann verlassen?
Es kam eine Zeit, da deutlich war, daß er sich die Ökonomie wohl aus dem Sinne geschlagen, bei uns aber auch so recht noch nicht Wurzel gefaßt hatte, so daß er in seiner Seele herrenlos und gleich einem taumelnden Blatt im Winde war. Damals mußte man beim Spazierengehen scharf auf ihn achthaben, da er sehr dazu neigte, das schwache sympathetische Band zwischen sich und uns unvermerkt zu zerreißen und sich in den Wäldern zu verlieren, wo er gewiß bei selbständig schweifender Lebensweise auf den Zustand seiner wilden Ureltern zurückgesunken wäre.

Unsere Fürsorge bewahrte ihn vor diesem dunkeln Schicksal, sie hielt ihn fest auf der hohen, von seinem Geschlecht in Jahrtausenden erreichten Gesittungsstufe an der Seite des Menschen; und dann trug ein einschneidender Ortswechsel, unsere Übersiedelung in die Stadt oder Vorstadt, mit einem Schlage viel dazu bei, ihn eindeutig auf uns anzuweisen und ihn unserm Hauswesen mit Entschiedenheit zu verbinden.

Einige Nachrichten über Bauschans Lebensweise und Charakter

Ein Mann im Isartale hatte mir gesagt, diese Art Hunde könne lästig fallen, sie wolle immer beim Herrn sein. So war ich gewarnt, die zähe Treue, die Bauschan mir wirklich alsbald zu beweisen begann, in ihrem Ursprunge allzu persönlich zu nehmen, wodurch es mir wiederum leichter wurde, sie zurückzudämmen und, soweit es nötig schien, von mir abzuwehren. Es handelt sich da um einen von weither überkommenen patriarchalischen Instinkt des Hundes, der ihn, wenigstens in seinen mannhafteren, die freie Luft liebenden Arten, bestimmt, im Manne, im Haus- und Familienoberhaupt, unbedingt den Herrn, den Schützer des Herdes, den Gebieter zu erblicken und zu verehren, in einem besonderen Verhältnis ergebener Knechtsfreundschaft zu ihm seine Lebenswürde zu finden und gegen die übrigen Hausgenossen eine viel größere Unabhängigkeit zu bewahren. In diesem Geiste hielt es auch Bauschan mit mir beinahe vom ersten

Tage an, hing mit mannentreuen Augen an meiner Person, indem er nach Befehlen zu fragen schien, die ich vorzog nicht zu erteilen, da sich bald zeigte, daß er im Gehorsam durchaus nicht besonders stark war, und heftete sich an meine Fersen in der sichtlichen Überzeugung, daß seine Unzertrennlichkeit von mir in der heiligen Natur der Dinge liege. Es war selbstverständlich, daß er im Familienkreise seinen Platz zu meinen und keines andren Füße nahm. Es war ebenso selbstverständlich, daß er, wenn ich mich unterwegs von der Gemeinschaft absonderte, um irgendwelche eigenen Wege zu gehen, sich mir anschloß und meinen Schritten folgte. Er bestand auch auf meiner Gesellschaft, wenn ich arbeitete, und wenn er die Gartentür geschlossen fand, so kam er mit jähem, erschreckendem Satz durchs offene Fenster herein, wobei viel Kies ins Zimmer stob, und warf sich hochaufseufzend unter den Schreibtisch nieder.

Es gibt aber eine Achtung vor dem Lebendigen, zu wach, als daß nicht auch eines Hundes Gegenwart uns stören könnte, wenn es darauf ankommt, allein zu sein; und dann störte Bauschan mich auch auf handgreifliche Weise. Er trat neben meinen Stuhl, wedelte, sah mich mit verzehrenden Blicken an und trampelte auffordernd. Die geringste entgegenkommende Bewegung hatte zur Folge, daß er mit den Vorderbeinen die Armlehne des Sessels erkletterte, sich an meine Brust drängte, mich mit Luftküssen zum Lachen brachte, dann zu einer Untersuchung der Tischplatte überging, in der Annahme wohl, daß dort Eßbares zu finden sein müsse, da ich mich so angelegentlich darüber beugte, und mit seinen breiten, haarigen Jägerpfoten die frische Schrift verwischte. Scharf zur Ruhe

gewiesen, legte er sich wohl nieder und schlief ein. Aber sobald er schlief, begann er zu träumen, wobei er mit allen vier ausgestreckten Füßen Laufbewegungen vollführte und ein zugleich hohes und dumpfes, gleichsam bauchrednerisches und wie aus einer andern Welt kommendes Gebell vernehmen ließ. Daß dies erregend und ablenkend auf mich wirkte, kann nicht wundernehmen, denn erstens war es unheimlich, und außerdem rührte und belästigte es mein Gewissen. Dieses Traumleben war zu offenkundig nur ein künstlicher Ersatz für wirkliches Rennen und Jagen, den seine Natur sich bereitete, weil das Glück der Bewegung im Freien ihm beim Zusammenleben mit mir nicht in dem Maße zuteil wurde, wie sein Blut und Sinn es verlangte. Das ging mir nahe; da es aber nicht zu ändern war, so geboten höhere Interessen, mir die Beunruhigung vom Halse zu schaffen, wobei ich vor mir selbst darauf hinweisen konnte, daß er bei schlechtem Wetter viel Schmutz ins Zimmer brachte und überdies mit seinen Klauen die Teppiche zerriß.
So wurde ihm denn der Aufenthalt in den Wohnräumen des Hauses und das Zusammensein mit mir, solange ich mich eben im Hause hielt, grundsätzlich, wenn auch unter Zulassung von Ausnahmen, verwehrt; und er begriff rasch das Verbot und fügte sich in das Widernatürliche, da gerade dies der unerforschliche Wille des Herrn und Hausgebieters war. Die Entfernung von mir, die oft und namentlich im Winter für große Teile des Tages gilt, ist nur eine Entfernung, keine wirkliche Trennung und Verbindungslosigkeit. Er ist nicht bei mir, auf meinen Befehl, aber das ist eben nur die Ausführung eines Befehls, ein verneintes Bei-mir-Sein, und von einem selbstän-

digen Leben Bauschans, das er ohne mich während dieser Stunden führte, kann nicht gesprochen werden. Ich sehe wohl durch die Glastür meines Zimmers, wie er sich auf der kleinen Gartenwiese vorm Hause auf onkelhafte, ungeschickt possenhafte Art an den Spielen der Kinder beteiligt. Aber zwischendurch kommt er beständig zur Türe herauf, schnüffelt, da er mich durch die innere Tüllbespannung nicht sehen kann, an der Spalte, um sich meiner Anwesenheit zu versichern, und sitzt, dem Zimmer den Rücken zugewandt, wachthabend auf den Stufen. Ich sehe ihn wohl auch von meinem Tische aus auf dem erhöhten Weg drüben, zwischen den alten Espen, in nachdenklichem Bummeltrabe sich hinbewegen; doch solche Promenaden sind nur ein matter Zeitvertreib, ohne Stolz, Glück und Leben, und völlig undenkbar bleibt, daß Bauschan sich etwa auf eigene Hand dem herrlichen Jagdvergnügen hingeben könnte, obgleich niemand ihn daran hindern würde, und meine Gegenwart, wie sich zeigen wird, nicht unbedingt erforderlich dazu wäre.

Sein Leben beginnt, wenn ich ausgehe – und ach, auch dann beginnt es oftmals noch nicht! Denn indem ich das Haus verlasse, fragt es sich, ob ich mich nach rechts wenden werde, die Allee hinunter, dorthin, wo es ins Freie und in die Einsamkeit unserer Jagdgründe geht, oder nach links, gegen die Trambahnstation, um in die Stadt zu fahren – und nur im ersteren Falle hat es für Bauschan einen Sinn, mich zu begleiten. Anfangs schloß er sich mir an, wenn ich die Welt wählte, nahm mit Erstaunen den herandonnernden Wagen wahr und folgte mir, seine Scheu gewaltsam unterdrückend, mit einem blinden und treuen Sprung auf die Plattform, mitten unter die Menschen. Aber ein

Sturm der öffentlichen Entrüstung fegte ihn wieder hinunter, und so entschloß er sich denn, im Galopp neben dem brausenden Vehikel herzurennen, das so wenig dem Wägelchen glich, zwischen dessen Rädern er vor Zeiten getrabt. Redlich hielt er Schritt, solange es gehen wollte, und seine Atemkraft hätte ihn schwerlich im Stich gelassen. Aber den Sohn der Ökonomie verwirrte das städtische Treiben; er geriet Menschen zwischen die Füße, fremde Hunde fielen ihm in die Flanke, ein Tumult wilder Gerüche, wie er dergleichen noch nie erfahren, reizte und verstörte seinen Sinn, Häuserecken, durchsättigt mit den Essenzen alter Abenteuer, bannten ihn unwiderstehlich, er blieb zurück, er holte den Schienenwagen wohl wieder ein, allein es war ein falscher gewesen, dem er sich angeschlossen, ein dem richtigen vollständig ähnlicher; Bauschan lief blindlings in falscher Richtung fort, geriet tiefer und tiefer in die tolle Fremde hinein und fand sich erst nach zwei Tagen, ausgehungert und hinkend, in den Frieden des äußersten Hauses am Flusse heim, wohin zurückzukehren auch der Herr unterdessen vernünftig genug gewesen war.

Das geschah zweimal und dreimal; dann verzichtete Bauschan und stand endgültig ab davon, mich nach links zu begleiten. Er erkennt es sofort, was ich im Sinn habe, den Jagdgrund oder die Welt, wenn ich aus der Haustür trete. Er springt auf von der Fußmatte, darauf er, unter dem schützenden Portalbogen, mein Ausgehen herangewartet hat. Er springt auf, und in demselben Augenblick sieht er, wohin meine Absichten gehen: meine Kleidung verrät es ihm, der Stock, den ich trage, auch wohl meine Miene und Haltung, der Blick, den ich kalt und beschäftigt über ihn hinschweifen lasse oder ihm auffordernd zuwende. Er begreift. Er stürzt sich kopfüber die Stufen hinab und tanzt unter Schleuderdrehungen, in stummer Begeisterung, vor mir her zur Pforte, wenn der Ausgang gesichert scheint; er duckt sich, er legt die Ohren zurück, seine Miene erlischt, fällt gleichsam in Asche und Trübsal zusammen, wenn die Hoffnung entflieht, und seine Augen füllen sich mit dem Ausdruck scheuen Sünderelends, den das Unglück im Blicke der Menschen und Tiere erzeugt.

Zuweilen kann er nicht glauben, was er doch sieht und weiß, daß nämlich für diesmal alles aus und an kein Jagen zu denken ist. Seine Begierde war zu heftig, er leugnet die Merkmale, er will den städtischen Stock, die hochbürgerliche Herrichtung meiner Person nicht bemerkt haben. Er drängt sich mit mir durch die Pforte, schnellt sich draußen um seine Achse, sucht mich nach rechts zu ziehen, indem er zum Galopp ansetzt in dieser Richtung und den Kopf nach mir wendet, und zwingt sich, das schicksalhafte Nein zu übersehen, das ich seinen Anstrengungen entgegensetze. Er kommt zurück, wenn ich wirklich nach links gehe, begleitet mich, aus tiefster Brust schnaubend und kleine, wirre, hohe Laute ausstoßend, die sich aus der Überspannung seines Inneren lösen, den Zaun des Vorgartens entlang und fängt an, über das Gitter der anstoßenden öffentlichen Anlage hin und her zu springen, obgleich dies Gitter ziemlich hoch ist und er in der Luft etwas ächzen muß, in Besorgnis, sich weh zu tun. Er springt aus einer Art von verzweifelter, die Tatsachen verwerfender Munterkeit und auch um mich zu bestechen, mich durch seine Tüchtigkeit für sich zu gewinnen. Denn noch ist es nicht ganz – bei aller Unwahrscheinlichkeit nicht ganz und gar ausgeschlossen, daß ich am Ende der Anlage dennoch den Stadtweg verlasse, noch einmal nach links einbiege und ihn auf geringem Umwege, über den Briefkasten nämlich, wenn ich Post zu versorgen habe, dennoch ins Freie führe. Das kommt vor, aber es kommt selten vor, und wenn auch diese Hoffnung zerstob, so setzt Bauschan sich nieder und läßt mich ziehen.

Da sitzt er, in seiner bäurisch ungeschickten Haltung, mitten auf der Straße und blickt mir nach, den ganzen langen Prospekt hinauf. Drehe ich den Kopf nach ihm, so spitzt er die Ohren, aber er folgt nicht, auch auf Ruf und Pfiff würde er nicht folgen, er weiß, daß es zwecklos wäre. Noch am Ausgange der Allee kann ich ihn sitzen sehen, als kleines, dunkles, ungeschicktes Pünktchen inmitten der Straße, und es gibt mir einen Stich ins Herz, ich besteige die Tram nicht anders, als mit Gewissensbissen. Er hat so sehr gewartet, und man weiß doch, wie Warten foltern kann! Sein Leben ist Warten – auf den nächsten Spaziergang ins Freie, und dieses Warten beginnt, wenn er ausgeruht ist von dem letzten Mal. Auch in der Nacht wartet er, denn sein Schlaf verteilt sich auf die ganzen vierundzwanzig Stunden des Sonnenumlaufs, und manches Schlummerstündchen auf dem Grasteppich des Gartens, während die Sonne den Pelz wärmt, oder hinter den Vorhängen der Hütte muß die leeren Tagesstrecken verkürzen. So ist seine Nachtruhe denn auch zerrissen und ohne Einheit, vielfältig treibt es ihn um in der Finsternis, durch Hof und Garten, er wirft sich hierhin und dorthin und wartet. Er wartet auf den wiederkehrenden Besuch des Schließers mit der Laterne, dessen stapfenden Rundgang er gegen besseres Wissen mit grauenvoll meldendem Gebell begleitet; er wartet auf das Erbleichen des Himmels, das Krähen des Hahnes in einer entlegenen Gärtnerei, das Erwachen des Morgenwindes in den Bäumen und darauf, daß der Kücheneingang geöffnet wird, damit er hineinschlüpfen kann, um sich am Herde zu wärmen.

Aber ich glaube, die Marter der nächtlichen Langenweile ist milde, verglichen mit der, die Bauschan am hellen Tag zu erdulden hat, besonders, wenn schönes Wetter ist, sei es nun Winter oder Sommer, wenn die Sonne ins Freie lockt, das Verlangen nach starker Bewegung in allen Muskeln zerrt, und der Herr, ohne den nun einmal eine rechte Unternehmung nicht möglich ist, noch immer nicht seinen Platz hinter der Glastür verlassen will. Bauschans beweglicher kleiner Leib, in dem das Leben so rasch und fieberhaft pulst, ist durch und durch und im Überfluß ausgeruht, an Schlaf ist nicht mehr zu denken. Er kommt auf die Terrasse vor meiner Tür, läßt sich mit einem Seufzer, der aus der Tiefe seines Innern kommt, auf den Kies fallen und legt den Kopf auf die Pfoten, indem er von unten herauf mit einem Dulderblick gen Himmel schaut. Das dauert nur ein paar Sekunden, dann ist er der Lage schon satt und übersatt, empfindet sie als unhaltbar. Etwas kann er noch tun. Er kann die Stufen hinabsteigen und an einem der pyramidenförmigen Lebensbäumchen, welche die Rosenbeete flankieren, das Bein heben — dem rechter Hand, das dank Bauschans Gewohnheiten alljährlich an Verätzung eingeht und ausgewechselt werden muß. Er steigt also hinab und tut, wozu kein wahres Bedürfnis ihn treibt, was aber vorübergehend immerhin zu seiner Zerstreuung dienen kann. Lange steht er, trotz vollständiger Unergiebigkeit seines Tuns, auf drei Beinen, so lange, daß das vierte in der Luft zu zittern beginnt und Bauschan hüpfen muß, um sein Gleichgewicht zu wahren. Dann steht er wieder auf allen vieren und ist nicht besser daran als zuvor. Stumpf blickt er empor in die Zweige der Eschengruppe, durch die mit Zwitschern zwei Vögel huschen, sieht den Gefiederten nach, wie sie pfeilschnell davonstreichen, und wendet sich ab, indem er über soviel kindliche Leichtlebigkeit die Achseln zu zucken scheint. Er reckt und streckt sich, als wollte er sich auseinanderreißen, und zwar zerlegt er, der Ausführlichkeit halber, das Unternehmen in zwei Abteilungen: Er dehnt zuerst die vorderen Gliedmaßen, wobei er das Hinterteil in die Lüfte erhebt, und hierauf dieses, mit weit hinausgestreckten Hinterbeinen; und beide Male reißt er in viehischem Gähnen den Rachen auf. Dann ist auch dies geschehen – die Handlung ließ sich nicht weiter ausgestalten, und hat man sich eben nach allen Regeln gestreckt, so kann man es vorläufig nicht wieder tun. Bauschan steht also und blickt in trübem Sinnen vor sich zu Boden. Dann beginnt er, sich langsam und suchend um sich selber zu drehen, als wollte er sich niederlegen und sei nur noch ungewiß, in welcher Weise. Doch entschließt er sich anders und geht trägen Schrittes in die Mitte des Rasenplatzes, wo er sich mit einer plötzlichen, fast wilden Bewegung auf den Rücken wirft, um diesen in lebhaftem Hinundherwälzen auf dem gemähten Grasboden zu scheuern und zu kühlen. Das muß mit starkem Wonnegefühl verbunden sein, denn er zieht krampfig die Pfoten an, indem er sich wälzt, und beißt im Taumel des Reizes und der Befriedigung nach allen Seiten in die Luft. Ja, um so leidenschaftlicher kostet er die Lust bis zur schalen Neige, als er weiß, daß sie keinen Bestand hat, daß man sich nicht länger als allenfalls zehn Sekunden so wälzen kann, und daß nicht jene gute Müdigkeit darauf folgt, die man durch fröhliche Anstrengung erwirbt, sondern nur die Ernüchterung und verdoppelte Öde, mit der man den Rausch, die betäubende Ausschweifung bezahlt. Er liegt einen Augenblick mit verdrehten Augen und wie tot auf der Seite. Dann steht er auf, um sich zu schütteln. Er schüttelt sich, wie nur seinesgleichen sich schütteln kann, ohne eine Gehirnerschütterung besorgen zu müssen, schüttelt sich, daß es klatscht und klappert, daß ihm die Ohren unter die Kinnbacken schlagen und die Lefzen von den weiß schimmernden Eckzähnen fliegen. Und dann? Dann steht er regungslos, in starrer Weltverlorenheit auf dem Plan und weiß endgültig auch nicht das geringste mehr mit sich anzufangen. Unter diesen Umständen greift er zu etwas Äußerstem. Er ersteigt die Terrasse, kommt an die Glastür, und mit zurückgelegten Ohren und einer wahren Bettlermiene hebt er zögernd die eine Vorderpfote und kratzt an der Tür – nur einmal und nur ganz schwach, aber diese sanft und zaghaft erhobene Pfote, dies zarte und einmalige Kratzen, zu dem er sich entschloß, da er sich anders nicht mehr zu raten wußte, ergreifen mich mächtig, und ich stehe auf, um ihm zu öffnen, um ihn zu mir einzulassen, obgleich ich weiß, daß das zu nichts Gutem führen kann; denn sofort beginnt er zu springen und zu tanzen, im Sinne der Aufforderung zu männlichen Unternehmungen, schiebt dabei den Teppich in hundert

Falten, bringt das Zimmer in Aufruhr, und um meine Ruhe ist es geschehen.
Aber nun urteile man doch, ob es mir leichtfallen kann, mit der Tram davonzufahren, nachdem ich Bauschan so habe warten sehen, und ihn als trauriges Pünktchen tief unten in der Pappelallee sitzen zu lassen! Im Sommer, bei lang währendem Tageslicht, ist schließlich das Unglück noch nicht so groß, denn dann besteht gute Aussicht, daß wenigstens noch mein Abendspaziergang mich ins Freie führt, so daß Bauschan, wenn auch nach härtester Wartefrist, doch noch auf seine Kosten kommt und, einiges Jagdglück vorausgesetzt, einen Hasen hetzen kann. Im Winter aber ist alles aus für diesen Tag, wenn ich mittags davonfahre, und Bauschan muß auf vierundzwanzig Stunden jede Hoffnung begraben. Denn dann ist zur Stunde meines zweiten Ausgangs schon lange die Nacht eingefallen, die Jagdgründe liegen in unzugänglicher Finsternis, ich muß meine Schritte in künstlich beleuchtete Gegenden lenken, flußaufwärts, durch Straßen und städtische Anlagen, und das ist nichts für Bauschans Natur und schlichten Sinn; er folgte wohl anfangs, verzichtete aber bald und blieb zu Hause. Nicht nur, daß sichtige Tummelfreiheit ihm fehlte – das Helldunkel machte ihn schreckhaft, er scheute wirrköpfig vor Mensch und Strauch, die aufwehende Pelerine eines Schutzmannes ließ ihn heulend zur Seite springen und mit dem Mut des Entsetzens den ebenfalls zu Tode erschreckten Beamten anfahren, der den erlittenen Schock durch einen Strom derber und drohender Schimpfreden an meine und Bauschans Adresse aufzuheben suchte – und was der Verdrießlichkeiten noch mehr waren, die uns beiden erwuch-

sen, wenn er mich bei Nacht und Nebel begleitete. – Bei Gelegenheit des Schutzmannes will ich übrigens einflechten, daß es drei Arten von Menschen sind, denen Bauschans ganze Abneigung gehört, nämlich Schutzleute, Mönche und Schornsteinfeger. Diese kann er nicht leiden und fällt sie mit wütendem Bellen an, wenn sie am Hause vorübergehen oder wo und wann immer sie ihm sonst unter die Augen kommen.

Überdies nun aber ist ja der Winter die Jahreszeit, wo die Welt unserer Freiheit und Tugend am dreistesten nachstellt, uns ein gleichmäßig gesammeltes Dasein, ein Dasein der Zurückgezogenheit und der stillen Vertiefung am wenigsten gönnt, und so zieht mich die Stadt denn nur allzuoft noch ein zweites Mal, auch abends noch, an sich, die Gesellschaft macht ihre Rechte geltend, und erst spät, um Mitternacht, setzt eine letzte Tram mich draußen am vorletzten Haltepunkt ihrer Linie ab, oder ich komme wohl noch später, wenn schon längst keine Fahrgelegenheit sich mehr bietet, zu Fuße daher, zerstreut, weinselig, rauchend, jenseits natürlicher Müdigkeit und von falscher Sorglosigkeit in betreff aller Dinge umfangen. Dann geschieht es wohl, daß mein Zuhause, mein eigentliches und stilles Leben mir entgegenkommt, mich nicht allein ohne Vorwürfe und Empfindlichkeit, sondern mit größter Freude begrüßt und willkommen heißt und bei mir selbst wieder einführt – und zwar in Bauschans Gestalt. In völliger Dunkelheit, beim Rauschen des Flusses, biege ich ein in die Pappelallee, und nach ein paar Schritten fühle ich mich lautlos umtanzt und umfuchtelt, – ich wußte anfangs minutenlang nicht, wie mir geschah. »Bauschan?« fragte ich in das Dunkel hinein . . . Da verstärkt sich das Tanzen

und Fuchteln aufs äußerste, es artet aus ins Derwischmäßige und Berserkerhafte, bei dauernder Lautlosigkeit, und in dem Augenblick, wo ich stehenbleibe, habe ich die ehrlichen, wenn auch nassen und schmutzigen Pfoten auf dem Brustaufschlag meines Mantels, und es schnappt und schlappt vor meinem Gesicht, so daß ich mich zurückbeugen muß, indes ich das magere, von Schnee oder Regen ebenfalls nasse Schulterblatt klopfe . . . Ja, er hat mich von der Tram abgeholt, der Gute; wohl auf dem laufenden über mein Tun und Lassen, wie immer, hat er sich aufgemacht, als es ihm an der Zeit schien, und mich an der Station erwartet – hat vielleicht lange gewartet, in Schnee oder Regen, und seine Freude über mein endliches Eintreffen weiß nichts von Nachträgerei meiner grausamen Treulosigkeit wegen, obgleich ich ihn heute völlig vernachlässigt habe und all sein Hoffen und Harren vergeblich war. Ich lobe ihn sehr, während ich ihn klopfe und während wir heimwärts gehen. Ich sage ihm, daß er schön gehandelt, und gebe bindende Versprechungen ab in betreff des morgenden Tages, sichere ihm zu (das heißt: nicht sowohl ihm als mir), daß wir morgen mittag bestimmt und bei jeder Witterung auf die Jagd miteinander gehen werden, und unter solchen Vorsätzen verraucht meine Weltlaune, Ernst und Nüchternheit kehren in mein Gemüt zurück, und mit der Vorstellung der Jagdgründe und ihrer Einsamkeit verbindet sich der Gedanke an höhere, geheime und wunderliche Obliegenheiten . . .
Aber ich will weitere Einzelzüge zu Bauschans Charakterbild beibringen, so, daß es dem willigen Leser in höchst erreichbarer Lebendigkeit vor Augen trete. Vielleicht gehe ich am geschicktesten vor, indem ich

dasjenige des verstorbenen Percy zur Vergleichung heranziehe; denn ein ausgeprägterer Gegensatz als der zwischen diesen beiden Naturen ist innerhalb ein und derselben Gattung kaum erdenklich. Als grundlegend ist festzuhalten, daß Bauschan sich vollkommener geistiger Gesundheit erfreut, während Percy, wie ich schon einflocht, und wie es bei adligen Hunden nicht selten vorkommt, zeit seines Lebens ein Narr war, verrückt, das Musterbild überzüchteter Unmöglichkeit. Es ist davon früher, in größerem Zusammenhange, die Rede gewesen. Hier sei nur Bauschans volkstümlich schlichter Sinn dagegengestellt, sich äußernd zum Beispiel bei Ausgängen oder Begrüßungen, wo denn die Kundgebungen seiner Gemütsbewegung sich durchaus im Bereich des Verständigen und einer gesunden Herzlichkeit halten, ohne je die Grenzen der Hysterie auch nur zu streifen, welche Percys Gebaren bei jeder solchen Gelegenheit in oft empörender Weise überschritt.

Dennoch ist hiermit nicht der ganze Gegensatz zwischen den beiden Geschöpfen aufgezeigt; in Wahrheit ist er verwickelter und gemischter. Bauschan nämlich ist zwar derb wie das Volk, aber auch wehleidig wie dieses; während sein adliger Vorgänger mit mehr Zartheit und Leidensfähigkeit eine unvergleichlich festere und stolzere Seele verband und trotz aller Narrheit es an Selbstzucht dem Bäuerlein bei weitem zuvortat. Nicht im Sinne einer aristokratischen Lehrmeinung, sondern einzig und allein der Lebenswahrheit zu Ehren hebe ich diese Mischung der Gegensätze von grob und weichlich, zart und standhaft hervor. Bauschan zum Beispiel ist ganz der Mann, auch die kältesten Winternächte im Freien, das heißt auf dem Stroh und hinter den Rupfenvorhängen seiner Hütte zu verbringen. Eine Blasenschwäche hindert ihn, sieben Stunden ununterbrochen sich in geschlossenem Raume aufzuhalten, ohne sich zu vergehen; und so mußte man sich entschließen, ihn auch zu unwirtlicher Jahreszeit auszusperren, in gerechtem Vertrauen auf seine robuste Gesundheit. Denn kaum, daß er mir einmal nach besonders eisiger Nebelnacht, nicht nur mit märchenhaft bereiftem Schnurr- und Knebelbart, sondern auch ein wenig erkältet, mit dem einsilbig-stoßhaften Husten der Hunde entgegenkommt – nach wenigen Stunden schon hat er die Reizbarkeit überwunden und trägt keinen Schaden davon. Wer hätte sich wohl getraut, den seidenhaarigen Percy dem Grimme solcher Nacht auszusetzen? Andererseits hegt Bauschan eine Angst vor jedem, auch dem geringsten Schmerz und antwortet auf einen solchen mit einer Erbärmlichkeit, die Widerwillen erregen müßte, wenn sie nicht eben durch ihre naive Volkstümlichkeit entwaffnete und Heiterkeit einflößte. Jeden Augenblick, während er im Unterholz pirscht, höre ich ihn laut aufquieken, weil ein Dorn ihn geritzt, ein schnellender Zweig ihn getroffen hat; und laßt ihn beim Sprung über ein Gitter sich ein wenig den Bauch geschunden, den Fuß verstaucht haben, das gibt ein antikisches Heldengeschrei, ein dreibeiniges Gehumpelt-Kommen, ein fassungsloses Weinen und Sich-Beklagen, – desto durchdringender übrigens, je mitleidiger man ihm zuredet, und all dies, obgleich er nach einer Viertelstunde wieder rennen und springen wird wie zuvor.

Da war es ein ander Ding mit Perceval. Der biß die Zähne zusammen. Die Lederpeitsche fürchtete er, wie Bauschan sie fürchtet, und leider bekam er sie öfter zu kosten als dieser; denn erstens war ich jünger und hitziger in seinen Lebenstagen als gegenwärtig, und außerdem nahm seine Kopflosigkeit nicht selten ein frevelhaftes und böses Gepräge an, welches nach Züchtigung geradezu schrie und dazu aufreizte. Wenn ich denn also, zum Äußersten gebracht, die Karbatsche vom Nagel nahm, so verkroch er sich wohl zusammengeduckt unter Tisch und Bank; aber nicht ein Wehelaut kam über seine Lippen, wenn der Schlag und noch einer niedersauste, höchstens ein ernstes Stöhnen, falls es ihn allzu beißend getroffen hatte, — während Gevatter Bauschan vor ordinärer Feigheit schon quiekt und schreit, wenn ich nur den Arm hebe. Kurzum, keine Ehre, keine Strenge gegen sich selbst. Übrigens gibt seine Führung zu strafendem Einschreiten kaum jemals Veranlassung, zumal ich es längst verlernt habe, Leistungen von ihm zu verlangen, die seiner Natur widersprechen, und deren Forderung also zum Zusammenstoß führen könnte.

Kunststücke, zum Beispiel, verlange ich nicht von ihm; es wäre vergebens. Er ist kein Gelehrter, kein Marktwunder, kein puddelnärrischer Aufwärter; er ist ein vitaler Jägerbursch und kein Professor. Ich hob hervor, daß er ein vorzüglicher Springer ist. Wenn es darauf ankommt, so nimmt er jedes Hindernis — ist es allzu hoch, um in freiem Sprunge bewältigt zu werden, so klettert er anspringend hinauf und läßt sich jenseits hinunterfallen, genug, er nimmt es. Aber das Hindernis muß ein wirkliches Hindernis sein, das heißt ein solches, unter dem man nicht durchlaufen oder durchschlüpfen kann: sonst würde Bauschan es als verrückt empfinden, darüber wegzuspringen. Eine Mauer, ein Graben, ein Gitter, ein lückenloser Zaun, das sind solche Hindernisse. Eine querliegende Stange, ein vorgehaltener Stock, das ist *kein* solches, und also kann man auch nicht darüberspringen, ohne mit sich selbst und den Dingen in närrischen Widerspruch zu geraten. Bauschan weigert sich, dies zu tun. Er weigert sich, – versuche es, ihn zum Sprung über ein solches unwirkliches Hindernis zu bewegen; in deiner Wut wird dir schließlich nichts übrigbleiben, als ihn beim Kragen zu nehmen und den gellend Quiekenden hinüberzuwerfen, worauf er sich dann die Miene gibt, als sei hiermit das Ziel deiner Wünsche erreicht, und das Ergebnis mit Tänzen und begeistertem Bellen feiert. Schmeichle ihm, prügle ihn, – hier herrscht ein Vernunftwiderstand gegen das reine Kunststück, den du auf keine Weise brechen wirst. Er ist nicht ungefällig, die Zufriedenheit des Herrn ist ihm wert, er setzt über eine geschlossene Hecke auf meinen Wunsch oder Befehl, nicht nur aus eigenem Antriebe, und holt sich freudig das Lob und den Dank dafür. Über die Stange, den Stock springt er nicht, sondern läuft darunter hindurch, und schlüge man ihn tot. Hundertfach bittet er um Vergebung, um Nachsicht, um Schonung, denn er fürchtet ja den Schmerz, fürchtet ihn bis zur Memmenhaftigkeit; aber keine Furcht und kein Schmerz vermögen ihn zu einer Leistung, die in körperlicher Hinsicht nur ein Kinderspiel für ihn wäre, zu der ihm aber offenbar die seelische Möglichkeit fehlt, zu zwingen. Sie von ihm fordern heißt nicht, ihn vor die Frage stellen, ob er springen wird oder nicht; diese Frage ist im voraus entschieden, und der Befehl bedeutet ohne weiteres Prügel. Denn das Unverständliche und wegen Unverständlichkeit Untunliche von ihm zu fordern, heißt in seinen Augen nur einen Vorwand für Streit, Störung der Freundschaft und Prügel suchen und ist selbst schon der Anfang von alldem. Dies ist Bauschans Auffassung, soviel ich sehe, und mir ist zweifelhaft, ob man hier von Verstocktheit reden darf. Verstocktheit ist schließlich zu brechen, ja, will sogar gebrochen sein; seinen Widerstand aber gegen das absolute Kunststück würde er mit dem Tode besiegeln.

Wunderliche Seele! So nah befreundet und doch so fremd, so abweichend in gewissen Punkten, daß unser Wort sich als unfähig erweist, ihrer Logik gerecht zu werden. Welche Bewandtnis hat es zum Beispiel mit den furchtbaren, für Beteiligte wie Zuschauer entnervenden Umständlichkeiten, unter denen das Zusammentreffen, das Bekanntschaft-Machen oder auch nur Voneinander-Kenntnis-Nehmen der Hunde sich vollzieht? Hundertmal machten meine Streifzüge mit Bauschan mich zum Zeugen eines solchen Zusammentreffens – ich sage besser: sie zwangen mich, beklommener Zeuge davon zu sein; und jedesmal, für die Dauer der Szene, wurde sein sonst vertrautes Benehmen mir undurchsichtig – ich fand es unmöglich, in die Empfindungen, Gesetze, Stammessitten, die diesem Benehmen zugrunde liegen, sympathisch einzudringen. Wirklich gehört die Begegnung zweier einander fremder Hunde im Freien zu den peinlichsten, spannendsten und fatalsten aller denkbaren Vorgänge; sie ist von Dämonie und Sonderbarkeit umwittert. Eine Gebundenheit waltet da, für die es genauere Namen nicht gibt; sie kommen nicht aneinander vorbei, es ist eine schreckliche Verlegenheit.

Ich rede kaum von dem Fall, daß der eine Teil sich eingesperrt auf seinem Anwesen, hinter Zaun und

Hecke befindet, – auch dann ist nicht einzusehen, wie den beiden zumute wird, aber die Sache ist vergleichsweise weniger brenzlich. Sie wittern einander aus unabsehbarer Ferne, und Bauschan kommt plötzlich, wie Schutz suchend, in meine Nähe, indem er ein Winseln vernehmen läßt, das von unbestimmbarer, mit keinem Worte zu treffender Seelenpein und Bedrängnis Kunde gibt, während gleichzeitig der Fremde, Eingesperrte ein wütendes Bellen anhebt, das den Charakter energisch meldender Wachsamkeit vortäuschen zu wollen scheint, zwischendurch aber unversehens in Töne umschlägt, die denen Bauschans gleichen, in ein sehnsüchtiges, weinerlich-eifersüchtiges, notvolles Winseln also. Wir nähern uns dem Orte, wir kommen heran. Der fremde Hund hat uns hinter dem Zaun erwartet, er steht dort schimpfend und seine Ohnmacht beweinend, springt wild am Zaun empor und gibt sich die Miene – wieweit es ihm ernst ist, weiß niemand –, als würde er Bauschan unfehlbar in Stücke reißen, wenn er nur an ihn gelangen könnte. Trotzdem geht Bauschan, der ja an meiner Seite bleiben und vorübergehen könnte, an den Zaun; er muß es, er täte es auch gegen mein Wort; sein Fernbleiben würde innere Gesetze verletzen, – weit tiefer gegründet und unverbrüchlicher als mein Verbot. Er geht also heran und vollzieht vor allen Dingen mit demütiger und still verschlossener Miene jene Opferhandlung, durch welche, wie er wohl weiß, immer eine gewisse Beruhigung und vorübergehende Versöhnung des anderen zu bewirken ist, solange nämlich dieser an anderer Stelle dasselbe tut, wenn auch unter leisem Schimpfen und Weinen. Dann beginnen die beiden eine wilde Jagd den Zaun entlang, der eine diesseits, der andere jenseits, stumm und immer hart nebeneinander. Sie machen gleichzeitig kehrt am Ende des Anwesens und rasen nach der anderen Seite zurück, machen wieder kehrt und rasen noch einmal. Plötzlich aber, in der Mitte, bleiben sie wie angewurzelt stehen, nicht mehr seitlich zum Zaun, sondern senkrecht zu ihm, und halten durch ihn hindurch ihre Nasen aneinander. So stehen sie eine geraume Weile, um hierauf ihren sonderbaren und ergebnislosen Wettlauf, Schulter an Schulter, zu beiden Seiten des Zauns wiederaufzunehmen. Schließlich aber macht der meine von seiner Freiheit Gebrauch und entfernt sich. Das ist ein furchtbarer Augenblick für den Eingesperrten! Er steht es nicht aus, er sieht eine beispiellose Niedertracht darin, daß der andere sich einfallen läßt, einfach fortzugehen; er tobt, geifert, gebärdet sich wie verrückt vor Wut, rast allein sein Anwesen auf und ab, droht über den Zaun zu springen, um den Treulosen zu erwürgen, und sendet ihm die gemeinsten Schmähungen nach. Bauschan hört dies alles und ist sehr peinlich berührt davon, wie seine stille und betretene Miene bekundet; aber er sieht sich nicht um und trollt sich sachte weiter, während hinter uns das gräßliche Fluchen allmählich wieder in Winseln übergeht und langsam verstummt.

So spielt der Auftritt sich beiläufig ab, wenn der eine Teil sich in Gewahrsam befindet. Allein die Mißlichkeit kommt auf ihren Gipfel, wenn das Zusammentreffen unter gleichen Bedingungen erfolgt und beide auf freiem Fuße sind, – unangenehm ist das auszumalen; es ist die bedrückendste, verfänglichste und kritischste Sache von der Welt. Bauschan, der eben noch sorglos umhersprang, kommt zu mir, drängt sich förmlich in meine Nähe, mit jenem aus tiefster Seele kommenden Miefen und Winseln, von dem nicht zu sagen ist, welcher Gemütsbewegung es Ausdruck gibt, das ich aber sofort erkenne, und aus dem ich auf die Annäherung eines fremden Hundes zu schließen habe. Ich muß scharf ausspähen: es ist richtig, da kommt er, und man sieht schon von weitem an seinem zögernden und gespannten Gebaren, daß auch er des anderen wohl gewahr geworden. Meine eigene Befangenheit steht der der beiden kaum nach; der Zwischenfall ist mir höchst unerwünscht. »Geh weg!« sage ich zu Bauschan. »Warum an meinem Bein? Könnt ihr den Handel nicht unter euch ausmachen, in einiger Entfernung?« Und ich suche ihn mit dem Stocke von mir zu scheuchen; denn wenn es zu einer Beißerei kommt, was, ob ich den Grund nun einsehe oder nicht, durchaus nicht unwahrscheinlich ist, so wird sie an meinem Fuße vor sich gehen, und ich werde die unliebsamste Aufregung davon haben: »Geh weg!« sage ich leise. Aber Bauschan geht nicht weg, fest und beklommen hält er sich zu mir, und nur auf einen Augenblick geht er seitwärts an einen Baum, um das Opfer zu verrichten, während der Fremde dort hinten, wie ich sehe, dasselbe tut. Nun ist man einander auf zwanzig Schritte nahe gekommen, die Spannung ist furchtbar. Der Fremde hat sich auf den Bauch gelegt, sich niedergekauert wie eine Tigerkatze, mit vorgestrecktem Kopfe, und in dieser Wegelagererpose erwartet er Bauschans Herankommen, offenbar, um ihm im gegebenen Augenblick an die Kehle zu springen. Dies geschieht jedoch nicht, und Bauschan scheint es auch nicht zu erwarten; jedenfalls geht er, wenn auch schrecklich zögernd und schweren Herzens, gerade auf den Lauernden zu, täte es auch dann und müßte es tun, wenn ich meinerseits mich jetzt von ihm ablöste, einen Seitenpfad einschlüge und ihn allen Schwierigkeiten der Lage allein überließe. So drückend die Begegnung ihm ist, – an ein Ausweichen, ein Entkommen ist nicht zu denken. Gebannt geht er, er ist an den anderen gebunden, sie sind beide auf eine heikle und dunkle Weise aneinander gebunden und dürfen das nicht verleugnen. Wir sind nun auf zwei Schritte herangekommen.

Da steht der andere stille auf, als hätte er sich nie die Miene eines Dschungeltigers gegeben, und steht nun ebenso da wie Bauschan – begossen, elend und tief verlegen stehen sie beide und kommen nicht aneinander vorbei. Sie möchten wohl, sie wenden die Köpfe ab, sie schielen traurig beiseite, ein gemeinsames Schuldbewußtsein scheint auf ihnen zu liegen. So schieben und schleichen sie sich gespannt und mit trüber Behutsamkeit zueinander und nebeneinander, Flanke an Flanke, und beschnüffeln einander das Geheimnis der Zeugung. Hierbei beginnen sie wohl zu knurren, und ich nenne Bauschan mit gesenkter Stimme bei Namen und warne ihn, denn dies ist der Augenblick, wo sich entscheidet, ob es zur Beißerei kommen wird oder ob ich dieser Erschütterung überhoben sein werde. Die Beißerei ist da, man weiß nicht wie und noch weniger warum – auf einmal sind beide nur noch ein Knäuel und rasendes Getümmel, aus dem die gräßlichsten Kehllaute reißender Bestien dringen. Dann muß ich mit dem Stocke hineinregieren, um ein Unglück zu verhüten, muß auch wohl Bauschan am Halsband oder Nackenfell zu ergreifen suchen, um ihn aus freiem Arm in die Luft zu erheben, während der andere verbissen an ihm hängt, und was der Schrecken noch mehr sein mögen, die ich noch während eines beträchtlichen Teiles des Spazierganges in den Gliedern spüre. Es kann aber auch sein, daß das Ganze, nach allen Veranstaltungen und Umständlichkeiten, ausgeht wie das Hornberger Schießen und still im Sande verläuft. Zwar schwer hält es auf jeden Fall, von der Stelle zu kommen: auch wenn sie sich nicht ineinander verbeißen, hangen die beiden doch gar zu zäh durch ein innerlich Band zusammen. Schon scheinen sie aneinander vorbei, sie zögern nicht mehr Flanke an Flanke, sondern stehen fast schon in gerader Linie, der eine hierhin gewandt, der andere dorthin, sie sehen sich nicht, sie drehen auch kaum die Köpfe zurück, nur mit den Augäpfeln schielen sie hinter sich, soweit es geht. Aber obgleich schon Raum zwischen ihnen ist, hält doch das zähe, traurige Band, und keiner weiß, ob schon der Augenblick erlaubter Befreiung gekommen, es möchten wohl beide fort, allein aus irgendeiner Gewissenbesorgnis wagt keiner sich loszumachen. Bis endlich, endlich der Bann gebrochen ist, das Band zerreißt und Bauschan dahinspringt, erlöst, erleichterten Herzens, als sei ihm das Leben wiedergeschenkt.

Ich rede von diesen Dingen, um anzudeuten, wie wildfremd und sonderbar das Wesen eines so nahen Freundes sich mir unter Umständen darstellt, — es wird mir unheimlich und dunkel dann; kopfschüttelnd betrachte ich es, und nur ahnungsweise finde ich mich hinein. Sonst aber kenne ich sein Inneres so gut, verstehe mich mit heiterer Sympathie auf alle Äußerungen desselben, sein Mienenspiel, sein ganzes Gebaren. Wie kenne ich, um nur irgendein Beispiel anzuführen, das gewisse piepsende Gähnen, das er an sich hat, wenn ein Ausgang ihn dadurch enttäuschte, daß er allzu kurz und sportlich unfruchtbar war: wenn ich den Tag spät begonnen habe, nur gerade vor Tisch noch auf eine Viertelstunde mit Bauschan ins Freie gegangen und gleich wieder umgekehrt bin. Dann geht er neben mir und gähnt. Es ist ein unverschämtes, unhöfliches, sperrangelweites, viehisches Gähnen, begleitet von einem piepsenden Kehllaut und von beleidigend gelangweiltem Ausdruck. »Einen schönen Herrn habe ich«, drückt es aus. »Spät in der Nacht habe ich ihn von der Brücke abgeholt, und da sitzt er denn heut hinter der Glastür und läßt einen auf den Ausgang warten, daß man vor Langerweile verenden möchte, wenn er aber endlich ausgeht, so tut er es, um wieder umzukehren, bevor man nur irgendein Wild gerochen. Ah — i, ein schöner Herr! Kein rechter Herr! Ein lumpiger Herr!«

Dies also drückt sein Gähnen mit grober Deutlichkeit aus, so daß es unmöglich mißzuverstehen ist. Auch sehe ich ein, daß er im Recht damit ist, und daß ich schuldig vor ihm bin, und so strecke ich denn wohl die Hand aus, um ihm tröstlich die Schulter zu klopfen oder die Schädelplatte zu streicheln. Aber er dankt für Liebkosungen unter solchen Umständen, er nimmt sie nicht an, gähnt noch einmal, womöglich noch unhöflicher, und entzieht sich der Hand, obgleich er von Natur, zum Unterschiede von Percy und in Übereinstimmung mit seiner volkstümlichen Wehleidigkeit, ein großer Freund weichlicher Liebkosungen ist. Besonders schätzt er es, an der Kehle gekraut zu werden, und hat eine drollig energische Art, die Hand durch kurze Kopfbewegungen an diese Stelle zu leiten. Daß er aber jetzt von Zärtlichkeiten nichts wissen will, hängt, außer mit seiner Enttäuschtheit, damit zusammen, daß er überhaupt im Zustande der Bewegung, das heißt: wenn auch ich mich in Bewegung befinde, keinen Sinn und kein Interesse dafür hat. Er befindet sich dann in einer zu männlichen Gemütsverfassung, um Geschmack daran zu finden, — was sich aber sofort ändert, wenn ich mich niederlasse. Dann ist er für Freundlichkeiten von Herzen empfänglich, und seine Art, sie zu erwidern, ist von täppisch-schwärmerischer Zudringlichkeit.

Gern, wenn ich, auf meinem Stuhl in der Mauerecke des Gartens oder draußen im Gras, den Rücken an einen bevorzugten Baum gelehnt, in einem Buche lese, unterbreche ich mich in meiner geistigen Beschäftigung, um etwas mit Bauschan zu sprechen und zu spielen. Was ich denn zu ihm spreche? Meist sage ich ihm seinen Namen vor, den Laut, der ihn unter allen am meisten angeht, weil er ihn selbst bezeichnet, und der darum auf sein ganzes Wesen elektrisierend wirkt, — stachle und befeuere sein Ichgefühl, indem ich ihm mit verschiedener Betonung versichere und recht zu bedenken gebe, daß er Bauschan heißt und ist; und wenn ich dies eine Weile fortsetze, kann ich ihn dadurch in eine wahre Verzückung, eine Art von Identitätsrausch versetzen, so daß er anfängt, sich um sich selber zu drehen und aus der stolzen Bedrängnis seiner Brust laut und jubelnd gen Himmel zu bellen. Oder wir unterhalten uns, indem ich ihm auf die Nase schlage, und er nach meiner Hand schnappt wie nach einer Fliege. Dies bringt uns beide zum Lachen — ja, auch Bauschan muß lachen, und das ist für mich, der ebenfalls lacht, der wunderlichste und rührendste

Anblick von der Welt. Es ist ergreifend, zu sehen, wie unter dem Reiz der Neckerei es um seine Mundwinkel, in seiner tierisch hageren Wange zuckt und ruckt, wie in der schwärzlichen Miene der Kreatur der physiognomische Ausdruck des menschlichen Lachens oder doch ein trüber, unbeholfener und melancholischer Abglanz davon erscheint, wieder verschwindet, um den Merkmalen der Erschrockenheit und Verlegenheit Platz zu machen, und abermals zerrend hervortritt . . .

Aber ich will hier abbrechen und mich nicht weiter in Einzelheiten verlieren. Ohnedies macht der Umfang mir Sorge, den diese kleine Beschreibung ganz gegen mein Vorhaben anzunehmen droht. Ich will meinen Helden nun kurzerhand in seiner Pracht und in seinem Elemente zeigen, in jener Lebenslage, worin er am meisten er selbst ist, und die alle seine Gaben am schönsten begünstigt, nämlich auf der Jagd. Vorher muß ich aber den Leser mit dem Schauplatz dieser Freuden genauer bekannt machen, unserem Jagdrevier, meiner Landschaft am Fluß; denn sie hängt nahe mit Bauschans Person zusammen, ja ist mir auf ganz verwandte Art lieb, vertraut und bedeutend wie er — was man denn folgerechterweise auch ohne weiteren novellistischen Anlaß als Rechtstitel zu ihrer Schilderung wird gelten lassen müssen.

Das Revier

In den Gärten unserer kleinen, weiträumig angelegten Kolonie zeichnen sich alte, die Dächer überhöhende Baumriesen überall scharf gegen die zarten Neupflanzungen ab und geben sich als Originalwuchs und Ureinwohner dieser Gegend unzweideutig zu erkennen. Sie sind der Stolz und die Zierde dieser noch jungen Niederlassung; man hat sie sorgfältig geschont und erhalten, sofern es irgend tunlich war, und wo es bei der Ausmessung und Einfriedung der Grundstücke zu einem Konflikt mit einem von ihnen kam, das heißt: wo sich erwies, daß so ein moosig-silbriger Würdenstamm gerade auf der Demarkationslinie stand, da beschreibt wohl ein Zaun eine kleine Ausbuchtung um ihn herum, um ihn mit in den Garten aufzunehmen, oder in dem Beton einer Mauer ist eine höfliche Lücke gelassen, in welcher der Alte nun ragt, halb privat und halb öffentlich, die kahlen Äste mit Schnee belastet oder im Schmuck seines kleinblättrigen, spätsprießenden Laubes.

Denn es sind Exemplare der Esche, eines Baumes, der die Feuchtigkeit wie wenige liebt, – und damit ist über die Grundbesonderheit unsres Landstriches etwas Entscheidendes ausgesagt. Es ist noch nicht lange, daß Menschenwitz ihn urbar und siedelungsfähig gemacht hat – anderthalb Jahrzehnte etwa, nicht mehr. Vordem war hier eine Sumpfwildnis – ein wahres Mückenloch, wo Weiden, Krüppelpappeln und dergleichen verkrümmtes Baumzeug sich in faul stehenden Teichen spiegelte. Die Gegend nämlich ist Schwemmgebiet; einige Meter unter dem Boden befindet sich eine undurchlässige Erdschicht; so war der Grund denn morastig von jeher, und überall in seinen Vertiefungen stand Wasser. Die Austrocknung geschah, indem man den Flußspiegel tiefer legte, – ich verstehe mich nicht auf ingeniöse Dinge, aber im wesentlichen lief es auf diesen Kunstgriff hinaus, durch welchen das Wasser, das nicht versickern konnte, zum Ablauf bewogen wurde, so daß nun vielerorten unterirdische Bäche sich in den Fluß ergießen und das Erdreich Festigkeit gewinnen konnte, wenigstens größtenteils; denn wenn man die Örtlichkeit kennt, wie ich und Bauschan sie kennen, so weiß man flußabwärts im Dickicht manche schilfige Niederung, die an ihren ursprünglichen Zustand gemahnt, verschwiegene Orte, deren feuchter Kühle der heißeste Sommertag nichts anhaben kann, und wo man an solchen Tagen gern ein paar Minuten atmend verweilt.

Überhaupt hat die Gegend ihre kuriose Eigenart, worin sie sich auch von den Ufern des Bergwassers, wie sie sich sonst wohl mit ihren Nadelwäldern und moosigen Wiesen gewöhnlich darstellen, auf den ersten Blick unterscheidet – sie hat, sage ich, ihre anfängliche Eigenart, auch seit das Grundstückgeschäft sich ihrer bemächtigt, vollauf bewahrt, und überall, auch außerhalb der Gärten, hält ihre Ur- und Originalvegetation deutlich das Übergewicht gegen die eingeführte und nachgepflanzte. Da kommt wohl in Alleen und öffentlichen Anlagen die Roßkastanie fort, der rasch wachsende Ahorn, selbst Buchen und allerlei Ziergesträuch; doch alles das ist nicht urwüchsig, das ist gesetzt, so gut wie die welsche Pappel, die aufgereiht ragt in ihrer sterilen Männlichkeit. Ich nannte die Esche als autochthonen Baum, – sie ist sehr stark verbreitet, man findet sie in allen Lebensaltern, als hundertjährigen Riesen wie auch als weichen Schößling, der massenweise wie Unkraut dem Kies entsproßt; und sie ist es, die, zusammen mit der Silber- und Zitterpappel, der Birke, der Weide als Baum und Gebüsch, der Landschaft ihr eigentliches Gepräge verleiht. Das sind aber lauter kleinblättrige Bäume, und Kleinblättrigkeit, die Zierlichkeit des Laubwerks, bei oft gigantischen Ausmaßen der Baumgestalten, ist denn auch ein sofort auffallendes Merkmal der Gegend. Eine Ausnahme bildet die Ulme, die vielfach ihr geräumiges, wie mit der Säge gezacktes und an der Oberfläche klebrig glänzendes Blatt der Sonne hinbreitet, und dann die große Menge des Schlinggewächses, das überall im Gehölz die jüngeren Stämme umspinnt und verwirrend sein Laub mit dem ihrigen mischt. Die schlanke Figur der Erle tritt an vertieften Stellen zu kleinen Hainen zusammen. Die Linde aber findet sich sehr selten; die Eiche kommt überhaupt nicht vor; die Fichte auch nicht. Doch stehen solche an mehreren Stellen den östlichen Hang hinauf, die Grenze unsres Gebietes, an welcher mit andrer Bodenbeschaffenheit ein andrer Pflanzenwuchs, der sonst gewohnte, beginnt. Schwarz gegen den Himmel ragen sie dort und blicken wachthabend in unsre Niederung herab.

Vom Hang bis zum Fluß sind es nicht mehr als fünfhundert Meter, ich habe es ausgeschritten. Mag sein, daß sich flußabwärts der Uferstreifen ein wenig fächerförmig erweitert, – bedeutend ist die Abweichung keineswegs, und merkwürdig bleibt, welch reiche landschaftliche Abwechslung die schmale Gegend gewährt, auch wenn man von dem beliebigen Spielraum, den sie der Länge nach, in Richtung des Flußlaufes bietet, so mäßigen Gebrauch macht wie Bauschan und ich, die wir unsre Streifzüge nur selten über das Zeitmaß von zwei Stunden hin ausdehnen, den Vor- und Rückmarsch zusammengerechnet. Die Vielfältigkeit der Ansichten aber, und daß man seine Spaziergänge beständig abzuwandeln und wechselnd zusammenzusetzen vermag, auch darum der Landschaft trotz langer Vertrautheit nicht überdrüssig und sich ihrer Enge gar nicht bewußt wird, beruht darauf, daß sie in drei untereinander ganz verschiedene Regionen oder Zonen zerfällt, denen man sich einzeln widmen oder die man auf schrägen Querpfaden nach und nach miteinander verbinden mag: die Region des Flusses und seines unmittelbaren Ufers einerseits, die Region des Hanges auf der anderen Seite und die Waldregion in der Mitte.

Den größten Teil der Breite nimmt die Zone des Waldes, des Parks, des Weidichts, des Ufergehölzes ein, – ich sehe mich nach einem Namen um für das wunderliche Gelände, der es besser träfe und anschaulicher machte als das Wort Wald, und finde das eigentlich rechte doch nicht, wie mir scheint. Von einem Wald im üblichen Wortverstande, – so einem Saal mit Moos- und Streugrund und ungefähr gleichstarken Baumsäulen, kann keinesfalls die Rede sein. Die Bäume unsres Reviers sind ganz verschiedenen Alters und Umfanges; es gibt unter ihnen riesige Urväter des Weiden- und Pappelgeschlechtes, namentlich entlang des Flusses, doch auch im inneren Holze; dann sind andere, schon wohl ausgewachsen, die etwa zehn oder fünfzehn Jahre zählen mögen, und endlich eine Legion von dünnen Stämmchen, wilde Baumschulen einer Natursaat von jungen Eschen, Birken und Erlen, welche aber einen Eindruck von Magerkeit darum durchaus nicht hervorrufen, weil sie, wie ich schon angab, sämtlich von Schlingpflanzen dick umwickelt sind, die im ganzen vielmehr ein fast tropisch wucherisches Bild ergeben; doch habe ich sie in dem Verdachte, daß sie das Wachstum ihrer Wirte hemmen, denn in den Jahren, die ich hier lebe, meine ich nicht, gesehen zu haben, daß viele dieser Stämmchen dicker geworden wären.

Der Bäume sind wenige, nahe verwandte Arten. Die Erle ist von der Familie der Birke, die Pappel zuletzt nichts sehr andres als eine Weide. Und eine Annäherung ihrer aller an den Grundtypus dieser letzteren ließe sich behaupten, – wie ja die Forstleute wissen, daß das Geschlecht der Bäume zur Anpassung an das Gepräge der umgebenden Örtlichkeit, einer gewissen Nachahmung des jeweilig herrschenden Linien- und Formengeschmacks, sehr bereit ist. Hier nun herrscht die phantastische, hexenhaft verwachsene Linie der Weide, dieser getreuen Begleiterin und Anwohnerin fließender wie ruhender Gewässer, mit den krummfingerig ausholenden, besenhaft bezweigten Ästen, und ihrem Wesen suchen die andern es sichtlich nachzutun. Die Silberpappel krümmt sich völlig in ihrem Geschmack; aber von dieser ist oft nur schwer die Birke zu unterscheiden, welche, vom Ortsgeist verleitet, sich ebenfalls zuweilen in den sonderbarsten Verkrümmungen gefällt, – womit nicht gesagt sein soll, daß dieser liebenswürdige Baum nicht auch hier, und zwar zahlreich, in höchst wohlgestalteten, ja bei günstig-farbiger Nachmittagsbeleuchtung das Auge bezaubernden Individuen vorkäme. Die Gegend kennt ihn als silbernes Stengelchen mit wenigen einzeln stehenden Blättchen zur Krone; als lieblich herangewachsene, adrett geformte Jungfrau mit dem schmucksten kreidigen Stamm, die auf ziere und schmachtende Art die Locken ihres Laubes herabhängen läßt, und ebensowohl in wahrhaft elefantenhaftem Wuchs, mit einem Stamm, den kein Mann mit den Armen umfassen könnte, und dessen Rinde nur hoch oben noch Spuren der glatten Weiße zeigt, weiter unten aber zur groben, kohligen, rissigen Borke geworden ist . . .

Den Boden angehend, so hat er mit dem eines Waldes fast gar keine Ähnlichkeit. Er ist kiesig, lehmig und sogar sandig, und man sollte ihn nicht für fruchtbar halten. Dennoch ist er es in seinen Grenzen bis zur Üppigkeit. Ein hochwucherndes Gras gedeiht darauf, welches oft einen trockenen, scharfkantigen, dünenmäßigen Charakter annimmt und im Winter wie zertretenes Heu den Boden bedeckt, oft auch geradezu in Schilf übergeht, anderwärts aber weich, dick und strotzend, untermischt mit Schierling, Brennesseln, Huflattich, allerlei kriechendem Blattwerk, hoch aufgeschossenen Disteln und jungen, noch weichen Baumtrieben, ein günstiger Unterschlupf für Fasanen und andre Wildhühner, gegen die Wurzelknollen der Bäume heranwogt. Aus diesem Schwall und Bodendickicht nun aber ranken überall die Waldrebe, der wilde Hopfen spiralförmig, in breitblättrigen Girlanden an den Bäumen empor, und noch im Winter halten ihre Stengel die Stämme wie harter, unzerreißbarer Draht umschlungen.

Das ist kein Wald und kein Park, das ist ein Zaubergarten, nicht mehr und nicht weniger. Ich will das Wort vertreten, obgleich es sich im Grunde um eine

karge, eingeschränkte und zur Krüppelhaftigkeit geneigte Natur handelt, die mit ein paar einfachen botanischen Namen erschöpft und bezeichnet ist. Der Grund ist wellig, er hebt und senkt sich beständig, und das ergibt die schöne Geschlossenheit der Veduten, die Unabsehbarkeit auch nach den Seiten hin; ja, wenn die Holzung sich meilenweit nach rechts und links erstreckte oder so weit, wie sie sich in die Länge erstreckt, statt daß sie von der Mitte her beiderseits nur einhundert und etliche Schritte mißt, so könnte man sich nicht geborgener, vertiefter und abgeschiedener in ihr fühlen. Einzig das Ohr ist durch gleichmäßiges Rauschen von Westen her gemahnt an die befreundete Nähe des Flusses, den man nicht sieht ... Es gibt da Schluchten, ganz angefüllt mit Holunder-, Liguster-, Jasmin- und Faulbaumgebüsch, so daß an qualmigen Junitagen die Brust den Duft kaum zu bergen weiß. Und wieder gibt es Bodenvertiefungen, — die reinen Kiesgruben, an deren Abhängen und auf deren Grunde nichts als ein paar Weidentriebe und ein wenig trockener Salbei gedeihen.
Das alles will nicht aufhören, sonderbar auf mich zu wirken, obwohl es mir seit manchem Jahr zum täglichen Aufenthalt geworden. Irgendwie berührt dies viele Eschenlaub, das an riesige Farren erinnert, berühren diese Schlingranken und dies Röhricht, diese Feuchtigkeit und Dürre, dies kärgliche Dickicht mich phantastisch, und, um meinen ganzen Eindruck zu sagen: es ist ein wenig, als finde man sich in die Landschaft einer anderen Erdperiode versetzt, oder auch in eine unterseeische, als wandle man auf Wassersboden, — eine Vorstellung, die ja mit der Wahrheit dies und das zu tun hat; denn Wasser stand hier ehe-

mals vielerorten, in jenen Senkungen zumal, die jetzt als viereckige Wiesenbassins, mit wilden Baumschulen naturgesäter Eschen bestanden, Schafen zur Weide dienen, und von denen eine gleich hinter meinem Hause gelegen ist.
Die Wildnis ist in die Kreuz und Quere von Pfaden durchzogen, Streifen niedergetretenen Grases teilweise nur, oder auch kiesigen Fußsteigen, die ganz offenbar nicht angelegt, sondern eben nur durch Begehung entstanden sind, ohne daß man zu sagen vermöchte, wer sie wohl ausgetreten haben könnte; denn daß Bauschan und ich einem Menschen darauf begegnen, ist eine befremdende Ausnahme, und mein Begleiter bleibt bei solchem Anblick wohl stutzend stehen und läßt einen einzelnen dumpfen Blaff vernehmen, der ziemlich genau auch meine eigenen Empfindungen dem Zwischenfall gegenüber zum Ausdruck bringt. Selbst an schönen Sonntagnachmittagen im Sommer, wenn aus der Stadt eine große Menge Spaziergänger sich in unsre Gegend ergießt (denn immer ist es hier um ein paar Grad kühler als anderwärts), können wir auf diesen inneren Wegen so gut wie ungestört wandeln; denn die Leute kennen sie nicht, und dann zieht auch das Wasser, der Fluß, wie es zu gehen pflegt, sie mächtig an, und dicht an ihn gedrängt, so dicht wie möglich, auf dem untersten Quai, wenn es angeht, das heißt: wenn er nicht überschwemmt ist, bewegt sich der Menschenstrom in die Landschaft hinaus und abends wieder zurück. Höchstens, daß uns da drinnen im Busche ein gelagertes Liebespaar aufstößt, welches mit kecken und scheuen Tieraugen uns aus seinem Neste entgegenblickt, so, als wollte es trotzig fragen, ob wir etwa gegen seine

Anwesenheit dahier und gegen sein Tun und abseitiges Treiben irgend etwas zu erinnern hätten, – was wir schweigend verneinen, indem wir uns beiseitemachen: Bauschan mit jener Gleichgültigkeit, in der ihn alles beläßt, was nicht Wildgeruch nach sich zieht, und ich mit vollkommen verschlossener und ausdrucksloser Miene, welche alles auf sich beruhen und weder Beifall noch Mißbilligung im geringsten durchscheinen läßt.

Jene Pfade nun aber sind nicht die einzigen Verkehrs- und Verbindungsmittel in meinem Park. Es gibt daselbst *Straßen* – genauer gesagt, Zurüstungen sind vorhanden, die einmal Straßen gewesen sind, oder solche einmal haben werden sollen, oder, will's Gott, vielleicht auch wirklich noch einmal sein werden . . . Die Sache ist diese: Spuren der bahnbrechenden Hacke und eines sanguinischen Unternehmertums zeigen sich noch ein gutes Stück über den angebauten Teil der Gegend, die kleine Villenkolonie hinaus. Man hatte weit geschaut, kühn geplant. Die Handelssozietät, die vor zehn oder fünfzehn Jahren den Landstrich in die Hand genommen, hatte es anders, großartiger nämlich, damit (und mit sich selber) im Sinne gehabt, als es dann kam; nicht auf die Handvoll Villen, die dastehen, hatte die Siedelung sich beschränken sollen. Baugründe waren in Menge vorhanden, wohl einen Kilometer flußabwärts war – und ist heute noch – alles zum Empfange von Käufern und Liebhabern einer seßhaften Lebensweise bereit. Großzügigkeit hatte geherrscht in den Ratssitzungen der Genossenschaft. Man hatte sich nicht mit sichernden Uferbauten, mit der Herstellung eines gangbaren Quais, mit gärtnerischen Anpflanzungen begnügt; ziemlich weit hinaus hatte man an das Gehölz selbst die kultivierende Hand angelegt, Rodungen vorgenommen, Schwemmkies aufgeschüttet, die Wildnis durch Straßen gegliedert, ein paarmal in die Länge und öfter noch in die Quere – schön gedachte, splendide Straßen oder Entwürfe zu solchen aus grobem Schwemmkies, mit der Andeutung eines Fahrdammes und geräumiger Bürgersteige, auf welchen nun aber keine Bürger wandeln, außer Bauschan und mir: jener auf dem guten und haltbaren Leder seiner vier Sohlen, ich auf genagelten Stiefeln, von wegen des Schwemmkieses. Denn die Villen, die nach Berechnung und Absicht der Sozietät längst freundlich an ihnen prangen müßten, sind vorderhand ausgeblieben, obgleich doch ich mit so gutem Beispiel vorangegangen bin und mein Haus in dieser Gegend gebaut habe. Sie sind, sage ich, ausgeblieben seit zehn, seit fünfzehn Jahren, und kein Wunder also, daß eine gewisse Mißstimmung sich auf die Gegend herniedersenkte, daß Unlust zu weiteren Aufwendungen und zur Fertigstellung des weitläufig Begonnen Platz griff im Schoße der Sozietät.

Und doch war die Sache schon so weit gediehen, daß diese Straßen ohne Anwohner ihre ordnungsmäßigen Namen haben, so gut wie irgendeine im Weichbilde der Stadt oder außerhalb seiner; das aber wüßte ich gern, welcher Träumer und sinnig rückblickende Schöngeist von Spekulant sie ihnen zuerteilt haben mag. Da ist eine Gellert-, eine Opitz-, eine Fleming-, eine Bürger-Straße, und sogar eine Adalbert-Stifter-Straße ist da, auf der ich mich mit besonders sympathischer Andacht in meinen Nagelschuhen ergehe. Pfähle sind, wie es bei ungeschlossen bebauten Vorstadtstraßen, die keine Hausecke darbieten, zu geschehen pflegt, an ihren Eingängen errichtet und an ihnen die Straßenschilder befestigt: blaue Emailschilder, wie hierzulande üblich, mit weißen Lettern. Aber ach, dieselben sind nicht in dem besten Zustande, allzu lange schon nennen sie Straßenskizzen beim Namen, an denen niemand wohnen will, und nicht zuletzt sind sie es, die die Merkmale der Mißstimmung, des Fiaskos und der stockenden Entwicklung hier deutlich zur Schau stellen. Vernachlässigt ragen sie; für ihre Unterhaltung, ihre Erneuerung ist nicht gesorgt, und Wetter und Sonne haben ihnen übel mitgespielt. Die Schmalte ist vielfach abgesprungen, die weißen Lettern vom Rost zerstört, so daß statt einzelner von ihnen nur braune Flecken und Lücken mit häßlich gezackten Rändern gähnen, welche die Namensbilder zerreißen und ihre Ablesung oft erschweren. Namentlich eines der Schilder machte mir strenge Kopfarbeit, als ich zuerst hierher kam und die Gegend forschend durchdrang. Es war ein ausnehmend langes Schild und das Wort »Straße« ohne Unterbrechung erhalten; von dem eigentlichen Namen aber, der, wie gesagt, sehr lang war oder gewesen war, zeigte sich die übergroße Mehrzahl der Buchstaben völlig blind und vom Roste zerfressen: die braunen Lücken ließen auf ihre Anzahl schließen; erkennbar aber war nichts als am Anfange die Hälfte eines S, irgendwo in der Mitte ein e und am Schlusse wieder ein e. Das war zu wenig für meinen Scharfsinn, ich fand, daß es eine Rechnung mit allzu vielen Unbekannten sei. Lange stand ich, die Hände auf dem Rücken, blickte zu dem langen Schilde empor und studierte. Dann ging ich weiter mit Bauschan auf dem Bürgersteige. Aber während ich mir einbildete, an andre Dinge zu denken, arbeitete es unterderhand in mir weiter, mein Geist trachtete nach dem zerstörten Namen, und plötzlich schoß es mir ein, – ich blieb stehen und erschrak: hastig ging ich zurück, nahm abermals vor dem Schilde Aufstellung, verglich und probierte. Ja, es traf zu und kam aus. Es war die Shakespeare-Straße, in der ich wandelte.

Die passenden Schilder sind das zu diesen Straßen und genau die Straßen zu diesen Schildern — träumerisch und wunderlich verkommend. Sie laufen durch das Gehölz, in das sie gebrochen sind; das Gehölz aber ruht nicht, es läßt die Straßen nicht jahrzehntelang unberührt, bis Ansiedler kommen; es trifft alle Anstalten, sich wieder zu *schließen*, denn was hier wächst, scheut den Kies nicht, es ist gewohnt, darin zu gedeihen, und so sprießen purpurköpfige Disteln, blauer Salbei, silbriges Weidengebüsch und das Grün junger Eschen überall auf den Fahrdämmen und ungescheut auch auf den Bürgersteigen: es ist kein Zweifel, die Parkstraßen mit den poetischen Namen wuchern zu, das Dickicht verschlingt sie wieder, und ob man es nun beklagen oder beifällig begrüßen will, in weiteren zehn Jahren werden die Opitz-, die Fleming-Straße nicht mehr gangbar und wahrscheinlich so gut wie verschwunden sein. Im Augenblick ist freilich zur Klage kein Anlaß, denn unter dem malerischen und dem romantischen Gesichtspunkt gibt es gewiß in der ganzen Welt keine schöneren Straßen als diese in ihrem derzeitigen Zustande. Nichts erfreulicher, als durch die Verwahrlosung ihrer Unfertigkeit zu schlendern, wenn man derb beschuht ist und den groben Kies nicht zu fürchten braucht — als hinzublicken

über den mannigfaltigen Wildwuchs ihres Grundes auf den kleinblättrigen, von weicher Feuchtigkeit gebundenen Baumschlag, der ihre Perspektiven umrahmt und schließt. Es ist ein Baumschlag, wie jener lothringische Landschaftsmeister vor dreihundert Jahren ihn malte . . . Aber was sage ich, – *wie* er ihn malte? Diesen hat er gemalt! Er war hier, er kannte die Gegend, er hat sie sicher studiert; und wenn nicht der schwärmerische Sozietär, der meine Parkstraßen benannte, sich so streng auf die Literatur beschränkt hätte, so dürfte wohl eines der verrosteten Schilder den Namen Claude Lorrains zu erraten geben.
So habe ich die Region des mittleren Gehölzes beschrieben. Aber auch die des östlichen Hanges hat unverächtliche Reize, für mich und für Bauschan ebenfalls, aus später folgenden Gründen. Man könnte sie auch die Zone des Baches nennen, denn ein solcher gibt ihr das idyllisch-landschaftliche Gepräge und bildet mit der Beschaulichkeit seiner Vergißmeinnicht-Gründe das diesseitige Gegenstück zu der Zone des starken Flusses dort drüben, dessen Rauschen man bei meistens wehendem Westwind leise auch hier noch vernimmt. Wo die erste der querlaufenden Kunststraßen, von der Pappelallee dammartig zwischen Wiesenbassins und Waldparzellen zum Hange laufend, an dessen Fuße mündet, führt links ein Weg, der im Winter von Jugend als Rodelbahn benutzt wird, in das tiefer liegende Gelände hinab. Dort, wo er eben wird, beginnt der Bach seinen Lauf, und zu seiner Seite, rechts oder links von ihm, worin man wiederum abwechseln kann, ergehen Herr und Hund sich gern, entlang dem verschieden gestalteten Hange. Zur Linken breiten baumbestandene Wiesen sich aus.

Eine ländliche Gartenwirtschaft ist dort gelegen und zeigt die Rückseite ihrer Ökonomiegebäude, Schafe weiden und rupfen den Klee, regiert von einem nicht ganz gescheiten kleinen Mädchen in rotem Rock, das beständig in befehlshaberischer Wut die Hände auf die Knie stützt und aus Leibeskräften mit mißtöniger Stimme schreit, sich aber dabei entsetzlich vor dem großen, durch seine Wolle majestätisch dick erscheinenden Schafbock fürchtet, welcher sich nichts untersagen läßt und völlig tut, was er will. Am gräßlichsten schreit das Kind, wenn durch Bauschans Erscheinen eine Panik unter den Schafen erregt wird, was fast regelmäßig geschieht, ganz gegen Bauschans Absicht und Meinung, welchem vielmehr die Schafe in tiefster Seele gleichgültig sind, ja, der sie völlig wie Luft behandelt und sogar durch eine betonte Nichtachtung und verächtliche Vorsicht den Ausbruch der Torheit bei ihnen hintanzuhalten sucht. Denn obgleich sie für meine Nase stark genug (übrigens nicht unangenehm) duften, so ist es doch kein Wildgeruch, was sie ausströmen, und folglich hat Bauschan nicht das leiseste Interesse daran, sie zu hetzen. Trotzdem genügt eine plötzliche Bewegung von seiner Seite oder auch schon sein bloßes Auftreten, daß auf einmal die ganze Herde, die eben noch, mit Kinder- und Männerstimmen friedlich bähend, weit auseinandergezogen graste, in geschlossener Masse, Rücken an Rücken, nach ein und derselben Seite davonstürzt, während das unkluge Kind tief gebückt hinter ihnen her schreit, daß ihr die Stimme birst und die Augen ihr aus dem Kopfe treten. Bauschan aber sieht zu mir auf ungefähr in dem Sinne: sage selbst, ob ich schuld bin und Anlaß gegeben habe.

Einmal jedoch geschah etwas Gegenteiliges, was eher noch peinlicher und jedenfalls sonderbarer anmutete als die Panik. Eines der Schafe nämlich, ein gewöhnliches Beispiel seiner Gattung, von mittlerer Größe und durchschnittsmäßigem Schafsgesicht, übrigens mit einem schmalen, aufwärtsgebogenen Munde, der zu lächeln schien und dem Wesen einen Ausdruck fast hämischer Dummheit verlieh, schien sich in Bauschan vergafft und vernarrt zu haben und schloß sich ihm an. Es folgte ihm einfach, – es löste sich von der Herde ab, verließ die Weide und heftete sich an Bauschans Fersen, still und in übertriebener Dummheit lächelnd, wohin er sich auch wandte. Er verließ den Weg, und es folgte ihm; er lief, und es setzte sich ebenfalls in Galopp; er blieb stehen, und es tat ein gleiches, unmittelbar hinter ihm und geheimnisvoll lächelnd. Unmut und Verlegenheit malte sich in Bauschans Miene, und wirklich war seine Lage im höchsten Grade abgeschmackt, weder im Guten noch im Bösen hatte sie irgendwelchen Sinn und Verstand, sie schien so albern, wie weder ihm noch mir jemals etwas vorgekommen war. Das Schaf entfernte sich mehr und mehr von seiner Basis, aber das schien es nicht anzufechten, es folgte dem verärgerten Bauschan immer weiter, sichtlich entschlossen, sich nicht mehr von ihm zu trennen, sondern ihm anzuhaften, wie weit und wohin er nun gehen möge. Still hielt er sich zu mir, weniger aus Besorgnis, zu der kein Grund vorhanden war, als aus Scham über die Ehrlosigkeit seines Zustandes. Endlich, als habe er es satt, blieb er stehen, wandte den Kopf und knurrte drohend. Da blökte das Schaf, daß es klang, wie wenn ein Mensch recht boshaft lacht, und das entsetzte den armen Bau-

schan so, daß er mit eingekniffenem Schwanze davonrannte, — das Schaf in lächerlichen Sprüngen hinter ihm drein.
Unterdessen, wir waren schon weit von der Herde, schrie das närrische kleine Mädchen, als sollte es zerspringen, indem es sich nicht nur auf seine Knie beugte, sondern diese im Schreien auch abwechselnd bis zum Gesicht emporzog, so daß es von weitem einen ganz verkrümmten und rasenden Anblick bot. Und dann kam eine geschürzte Hofmagd gelaufen, entweder auf das Schreien hin oder weil ihr der Vorgang sonst bemerklich geworden war. Sie lief, in der einen Hand eine Mistgabel, und hielt sich mit der anderen Hand die unbefestigte Brust, die im Laufen allzusehr schwankte, kam atemlos zu uns und machte sich daran, das Schaf, das wieder im Schritt ging, da auch Bauschan dies tat, mit der Gabel in der gehörigen Richtung zurückzuscheuchen, was aber nicht gelang. Das Schaf sprang wohl vor der Gabel beiseite, sogleich aber war es mit einem Einschwenken wieder auf Bauschans Spuren, und keine Macht schien imstande, es davon abzubringen. Da sah ich, was einzig frommte, und machte kehrt. Wir gingen alle zurück, an meiner Seite Bauschan, hinter ihm das Schaf und hinter diesem die Magd mit der Gabel, indes das rotröckige Kind uns gebückt und stampfend entgegenschrie. Es war aber nicht genug, daß wir bis zur Herde zurückkehrten, wir mußten ganze Arbeit tun und den Gang zu Ende gehen. Auf den Hof mußten wir und zum Schafstall, dessen breite Schiebetür die Magd mit Leibeskraft vor uns aufrollte. Dort zogen wir ein; und als wir alle darin waren, mußten wir anderen geschickt wieder entwischen und dem betrogenen

Schaf die Stalltür rasch vor der Nase zuschieben, so daß es gefangen war. Erst dann konnten Bauschan und ich unter den Danksagungen der Magd den unterbrochenen Spaziergang wieder aufnehmen, auf welchem Bauschan jedoch bis ans Ende ein verstimmtes und gedemütigtes Wesen bewahrte.

Soviel von den Schafen. An die Wirtschaftsgebäude schließt sich zur Linken eine ausgedehnte Laubenkolonie, die friedhofartig wirkt mit ihren Lauben und Sommerhäuschen, welche Kapellen gleichen, und den vielen Einhegungen ihrer winzigen Gärtchen. Sie selbst als Ganzes ist wohl umfriedet; nur die Heimgärtner haben Zutritt durch die Gitterpforte, die ihren Eingang bildet, und zuweilen sehe ich dort einen bloßarmigen Mann sein neun Schuh großes Gemüseäckerchen umgraben, so daß es aussieht, als grabe er sich sein eigenes Grab. Dann kommen wieder offene Wiesen, die sich, mit Maulwurfshügeln bedeckt, bis zum Rande der mittleren Waldregion hindehnen, und in welchen außer den Maulwürfen auch viele Feldmäuse hausen, was im Hinblick auf Bauschan und seine vielfältige Jagdlust bemerkt sei.

Andererseits, das heißt, zur Rechten, laufen Bach und Hang immer fort, dieser, wie ich sagte, in wechselnder Gestalt. Anfangs hat er ein düsteres, unbesonntes Gepräge und ist mit Fichten bestanden. Später wird er zur Sandgrube, welche die Sonnenstrahlen warm zurückwirft, noch später zur Kiesgrube, endlich zu einem Sturz von Ziegelsteinen, als habe man dort oben ein Haus abgebrochen und die wertlosen Trümmer einfach hier heruntergeworfen, so daß dem Lauf des Baches vorübergehend Schwierigkeiten bereitet werden. Aber er wird schon fertig damit, seine Wasser stauen sich etwas und treten über, rot gefärbt von dem Staub der gebrannten Steine und auch das Ufergras färbend, das sie benetzen. Dann aber fließen sie desto klarer und heiterer fort, Sonnengeglitzer hier und da an ihrer Oberfläche.

Wie alle Gewässer vom Meere bis zum kleinsten Schilftümpel liebe ich Bäche sehr, und wenn mein Ohr, im sommerlichen Gebirge etwa, das heimliche Geplantsch und Geplauder eines solchen von ferne vernimmt, so gehe ich dem flüssigen Laute wohl lange nach, wenn es sein muß, um seinen Ort zu finden, dem versteckt-gesprächigen Söhnchen der Höhen ins Angesicht zu sehen und seine Bekanntschaft zu machen. Schön sind Gießbäche, die zwischen Tannen und über steile Felsenstufen mit hellem Donnern herabkommen, grüne, eiskalte Bäder bilden und in weißer Auflösung senkrecht zur nächsten Stufe stürzen. Aber auch den Bächen der Ebene sehe ich mit Vergnügen und Neigung zu, ob sie nun flach sind, so daß sie kaum die geschliffenen, silbrig-schlüpfrigen Kiesel ihres Bettes bedecken, oder so tief wie kleine Flüsse, die im Schutze beiderseits tief überhangender Weiden voll und kräftig dahinwallen, in der Mitte rascher strömend als an den Seiten. Wer folgte nicht auf Wanderungen dem Lauf der Gewässer, wenn er nur frei ist, seine Wahl zu treffen? Die Anziehungskraft, die das Wasser auf den Menschen übt, ist natürlich und sympathetischer Art. Der Mensch ist ein Kind des Wassers, zu neun Zehnteln besteht unser Leib daraus, und in einem bestimmten Stadium unserer Entwicklung vor der Geburt besitzen wir Kiemen. Für meine Person bekenne ich gern, daß die Anschauung des Wassers in jederlei Erscheinungsform und Gestalt mir die weitaus unmittelbarste und eindringlichste Art des Naturgenusses bedeutet, ja, daß wahre Versunkenheit, wahres Selbstvergessen, die rechte Hinlösung des eigenen beschränkten Seins in das allgemeine mir nur in dieser Anschauung gewährt ist. Sie kann mich, etwa gar die des schlafenden oder schmetternd anrennenden Meeres, in einen Zustand so tiefer organischer Träumerei, so weiter Abwesenheit von mir selbst versetzen, daß jedes Zeitgefühl mir abhanden kommt und Langeweile zum nichtigen Begriffe wird, da Stunden in solcher Vereinigung und Gesellschaft mir wie Minuten vergehen. Aber auch über das Geländer eines Steges, der über einen Bach führt, gebeugt, könnte ich stehen, solange ihr wollt, verloren in den Anblick des Fließens, Strudelns und Strömens, und ohne daß jenes andere Fließen um mich und in mir, das eilige Schleichen der Zeit, mir in Angst oder Ungeduld etwas anzuhaben vermöchte. Solche Sympathie mit der Wassernatur macht es mir wert und wichtig, daß die schmale Gegend, in der ich wohne, zu beiden Seiten von Wasser eingefaßt ist.

Der hiesige Bach nun also ist von den Schlichten und Treuherzigen unter den Seinen, es ist nichts Besonderes mit ihm, sein Charakter ist der einer freundlichen Durchschnittlichkeit. Von glasheller Naivität, ohne Falsch und Hehl, ist er weit entfernt, durch Trübheit Tiefe vorzutäuschen, er ist flach und klar und zeigt harmlos, daß auf seinem Grunde verworfene Blechtöpfe und die Leiche eines Schnürschuhes im grünen Schlamme liegen. Übrigens ist er tief genug, um hübschen, silbrig-grauen und äußerst gewandten Fischlein zur Wohnung zu dienen, welche bei unserer Annäherung in weitläufigen Zickzacklinien entschlüpfen. Er erweitert sich teichartig an mehreren Stellen, und schöne Weiden stehen an seinem Ranft, von denen ich eine im Vorübergehen mit Vorliebe betrachte. Sie wächst am Hange, in einiger Entfernung also von dem Gewässer. Aber einen ihrer Äste streckt sie von dorther sehnsüchtig zum Bache hinüber und hinunter, und hat es wirklich erreicht, daß das fließende Wasser das silbrige Laub dieser Zweigspitze leicht benetzt. So steht sie und genießt die Berührung.

Es ist gut, hier zu gehen, sanft angefahren vom warmen Sommerwind. Ist es sehr warm, so geht Bauschan wohl in den Bach, um sich den Bauch zu kühlen; denn höhere Körperteile bringt er freiwillig mit Wasser nicht in Berührung. Er steht dort, die Ohren zurückgelegt, mit einer Miene voller Frömmigkeit und läßt das Wasser um sich herum- und vorüberströmen. Dann kommt er zu mir, um sich abzuschütteln, was seiner Überzeugung nach in meiner unmittelbaren Nähe geschehen muß, obgleich bei dem Nachdruck, womit er sich schüttelt, ein ganzer Sprühregen von Wasser und Schlamm mich anfliegt. Es nützt nichts, daß ich ihn mit Wort und Stock von mir abwehre. Was ihm natürlich, gesetzmäßig und unumgänglich scheint, darin läßt er sich nicht beeinträchtigen.

Weiterhin wendet der Bachlauf sich gegen Abend einer kleinen Ortschaft zu, die zwischen Wald und Hang im Norden die Aussicht beherrscht, und an deren Eingang das Wirtshaus liegt. Der Bach bildet dort wieder einen Teich, in welchem die Dörflerinnen kniend Wäsche schwemmen. Ein Steg führt hinüber, und überschreitet man ihn, so betritt man einen Fahrweg, der vom Dorf zwischen Waldsaum und Wiesenrand gegen die Stadt führt. Aber ihn nach rechts hin verlassend, kann man auf einem ebenfalls ausgefahrenen Wege durch das Gehölz mit wenigen Schritten zum Flusse gelangen.

Das ist denn nun die Zone des Flusses, er selbst liegt vor uns, grün und in weißem Brausen, er ist im Grunde nichts als ein großer Gießbach aus den Bergen, aber sein immerwährendes Geräusch, das mehr oder weniger gedämpft überall in der Gegend zu hören ist, hier aber frei waltend das Ohr erfüllt, kann wohl Ersatz bieten für den heiligen Anprall des Meeres, wenn man dieses nun einmal nicht haben kann. Das unaufhörliche Geschrei zahlloser Möwen mischt sich darein, welche im Herbst, Winter und noch im Frühling mit hungrigem Krächzen die Mündungen der Abflußrohre umkreisen und ihre Nahrung hier finden, bis die Jahreszeit es ihnen erlaubt, an den oberen Seen wieder Aufenthalt zu nehmen – gleich den wilden und halbwilden Enten, die ebenfalls die kühlen und kalten Monate hier in der Nähe der Stadt verbringen, sich auf den Wellen wiegen, vom Gefälle, das sie dreht und schaukelt, sich dahintragen lassen, vor einer Stromschnelle im letzten Augenblick auffliegen und sich weiter oben wieder aufs Wasser setzen . . .

Die Uferregion ist folgendermaßen gegliedert und abgestuft: Nächst dem Rand des Gehölzes erstreckt sich eine breite Kiesebene als Fortsetzung der oft genannten Pappelallee, wohl einen Kilometer weit flußabwärts, das heißt bis zum Fährhaus, von dem noch die Rede sein wird, und hinter welchem das Dickicht näher ans Flußbett herantritt. Man weiß schon, was es auf sich hat mit der Kieswüste: es ist die erste und

wichtigste der längslaufenden Kunststraßen, üppig geplant von der Sozietät als landschaftlich reizvollste Esplanade für eleganten Wagenverkehr, wo Herren zu Pferde sich dem Schlage glänzend lackierter Landauer hätten nähern und mit lächelnd zurückgelehnten Damen fein tändelnde Worte wechseln sollen. Neben dem Fährhaus belehrt eine große, schon baufällig schiefstehende Holztafel darüber, welches das unmittelbare Ziel, der vorläufige Endpunkt des Wagenkorsos hätte sein sollen, denn in breiten Buchstaben ist darauf mitgeteilt, daß dieser Eckplatz zum Zweck der Errichtung eines Parkcafés und vornehmen Erfrischungsetablissements verkäuflich ist ... Ja, das ist er und bleibt er. Denn an Stelle des Parkcafés mit seinen Tischchen, umhereilenden Kellnern und schlürfenden Gästen ragt immer noch die schiefe Holztafel, ein verzagend hinsinkendes Angebot ohne Nachfrage, und der Korso ist nur eine Wüste aus gröbstem Schwemmkies, mit Weidengebüsch und blauem Salbei beinah schon so dicht wie die Opitz- und Fleming-Straße bewachsen.
Neben der Esplanade, näher gegen den Fluß hin, läuft ein schmaler und ebenfalls arg verwucherter Kiesdamm mit Grasböschungen, auf dem Telegraphenstangen stehen, den ich aber doch beim Spazierengehn gern benütze, erstens der Abwechslung halber, und dann, weil der Kies ein reinliches, wenn auch beschwerliches Gehen ermöglicht, wenn der lehmige Fußweg dort unten bei schwerem Regenwetter nicht gangbar erscheint. Dieser Fußweg, die eigentliche Promenade, die sich stundenweit längs des Flußlaufes hinzieht, um endlich in wilde Uferpfade überzugehen, ist an der Wasserseite mit jungen Bäumchen, Ahorn

und Birken, bepflanzt, und an der Landseite stehen die mächtigen Ureinwohner der Gegend, Weiden, Espen und Silberpappeln von kolossalischen Ausmaßen. Steil und tief fällt seine Böschung gegen das Flußbett ab. Sie ist mit klugen Arbeiten aus Weidenruten und obendrein noch durch die Betonierung ihres unteren Teiles gesichert gegen das Hochwasser, das ein- oder zweimal im Jahre, zur Zeit der Schneeschmelze im Gebirge oder bei andauernden Regengüssen, wohl zu ihr dringt. Hier und da bietet sie hölzerne Sprossensteige, halb Leitern, halb Treppen, auf denen man ziemlich bequem in das eigentliche Flußbett hinabsteigen kann: das meistens trocken liegende, ungefähr sechs Meter breite Reservekiesbett des großen Wildbaches, welcher sich ganz nach Art der kleinen und kleinsten seiner Familie verhält, nämlich zuzeiten und je nach den Wasserverhältnissen in den oberen Gegenden seines Laufs nur ein grünes Rinnsal vorstellt, mit kaum überspülten Klippen, wo Möwen hochbeinig auf dem Wasser zu stehen scheinen, — unter anderen Umständen aber ein geradezu gefährliches Wesen annimmt, zum Strome schwillt, sein weites Bett mit greulichem Toben erfüllt, ungehörige Gegenstände, Kiepen, Sträucher und Katzenkadaver, kreiselnd mit sich dahinreißt und zu Übertritt und Gewalttat sich höchst aufgelegt zeigt. Auch das Reservebett ist gegen Hochwasser befestigt, durch gleichlaufend schrägstehende, hürdenartige Vorkehrungen aus Weidengeflecht. Es ist bestanden mit Dünengras, mit Strandhafer sowie der überall gegenwärtigen Prunkpflanze der Gegend, dem trockenen, blauen Salbei; und es ist gut gangbar dank dem Quaistreifen aus ebenen Steinen, der ganz außen am Rande der

Wellen bereitet ist und mir eine weitere, und zwar die liebste Möglichkeit bietet, meine Spaziergänge abzuwandeln. Zwar ist auf dem unnachgiebigen Stein kein ganz behagliches Gehen; aber vollauf entschädigt dafür die intime Nähe des Wassers, und dann kann man zuweilen auch neben dem Quai im *Sande* gehen —, ja, es ist Sand da, zwischen dem Kies und dem Dünengras, ein wenig mit Lehm versetzt, nicht von so heiliger Reinlichkeit wie der des Meeres, aber wirklicher Schwemmsand doch, und das ist ein Strandspaziergang hier unten, unabsehbar sich hinziehend am Rande der Flut, — es fehlt weder Rauschen noch Möwenschrei, noch jene Zeit und Raum verschlingende Einförmigkeit, die eine Art von betäubender Kurzweil gewährt. Überall rauschen die flachen Katarakte, und auf halbem Wege zum Fährhaus mischt sich das Brausen des Wasserfalles darein, mit welchem drüben ein schräg einmündender Kanal sich in den Fluß ergießt. Der Leib des Falles ist gewölbt, blank, glasig, wie der eines Fisches, und an seinem Fuße ist immerwährendes Kochen.

Schön ist es hier bei blauem Himmel, wenn der Fährkahn mit einem Wimpel geschmückt ist, dem Wetter zu Ehren oder sonst aus einem festlichen Anlaß. Es liegen noch andere Kähne an diesem Ort, aber der Fährkahn hängt an einem Drahtseil, welches seinerseits mit einem anderen, noch dickeren, quer über den Fluß gespannten Drahtseil verbunden ist, so nämlich, daß er mit einer Rolle daran entlang läuft. Die Strömung selbst muß die Fähre treiben, und ein Steuerdruck von der Hand des Fährmannes tut das übrige. Der Fährmann wohnt mit Weib und Kind in dem Fährhause, das von dem oberen Fußweg ein wenig zurückliegt, mit Nutzgärtchen und Hühnerstall, und das gewiß eine Amts- und Freiwohnung ist. Es ist eine Art von Villa in zwerghaften Ausmaßen, launisch und leicht gebaut mit Erkerchen und Söllerchen, und scheint zwei Stuben unten und zwei Stuben oben zu haben. Ich sitze gern auf der Bank vor dem Gärtchen, gleich an dem oberen Fußwege, Bauschan sitzt auf meinem Fuß, die Hühner des Fährmannes umwandeln mich, indem sie bei jedem Schritt den Kopf vorstoßen, und meistens erhebt sich der Hahn auf die Rückenlehne der Bank, läßt die grünen Bersaglieri-Federn seines Schwanzes nach hinten herabhangen und sitzt so neben mir, mich grell von der Seite mit einem roten Auge musternd. Ich sehe dem Fährbetrieb zu, der nicht eben stürmisch, kaum lebhaft zu nennen ist, vielmehr sich in großen Pausen vollzieht. Desto lieber sehe ich es, wenn hüben oder drüben ein Mann oder eine korbtragende Frau sich einstellt und über den Fluß gesetzt zu werden verlangt; denn die Poesie des »Holüber« bleibt menschlich anziehend wie in den ältesten Tagen, auch wenn die Handlung, wie hier, in neuzeitlich fortgeschritteneren Formen vonstatten geht. Hölzerne Doppeltreppen, für die Kommenden und Gehenden, führen beiderseits die Böschung hinab in das Flußbett und zu den Stegen, und je ein elektrischer Klingelknopf ist hier und jenseits seitlich von ihren Eingängen angebracht. Da erscheint denn ein Mann dort drüben am anderen Ufer, steht still und blickt über das Wasser her. Er ruft nicht mehr, wie einst, durch die hohlen Hände. Er geht auf den Klingelknopf zu, streckt den Arm aus und drückt. Schrill klingelt es in der Villa des Fährmannes: das ist das »Holüber«; auch so und immer noch ist es poetisch. Dann steht der Harrende, wartet und späht. Und fast in demselben Augenblick, in dem die Klingel schrillt, tritt auch der Fährmann aus seinem Amtshäuschen, als hätte er hinter der Tür gestanden oder auf einem Stuhle, nur auf das Zeichen passend, dahinter gesessen, — er kommt heraus, und in seinen Schritten ist etwas, als sei er mechanisch unmittelbar durch den Druck auf den Knopf in Bewegung gesetzt, wie wenn man in Schießbuden auf die Tür eines Häuschens schießt: hat man getroffen, so springt sie auf, und eine Figur kommt heraus, eine Sennerin oder ein Wachtsoldat. Ohne sich zu übereilen und gleichmäßig mit den Armen schlenkernd geht der Fährmann durch sein Gärtchen, über den Fußweg und die Holztreppe hinunter zum Fluß, macht den Fährkahn flott und hält das Steuer, während die Rolle an dem querlaufenden Drahtseil entlangläuft und der Kahn hinübergetrieben wird. Drüben läßt er den Fremden zu sich hineinspringen, der ihm am diesseitigen Stege seinen Nickel reicht, froh die Treppe hinaufläuft, nachdem er den Fluß überwunden, und sich nach rechts oder links wendet. Manchmal, wenn der Fährmann verhindert ist, sei es durch Unpäßlichkeit oder durch vordringliche häusliche Geschäfte, kommt auch sein Weib oder selbst sein Kind heraus und holen den Fremden; denn diese können es ebensogut wie er, und ich könnte es auch. Das Amt des Fährmannes ist leicht und erfordert keine besondere Veranlagung oder Vorbildung. Er kann von Glück und Schicksalsgunst sagen, daß er die Pfründe sein eigen nennt und die Zwergenvilla bewohnen darf. Jeder Dummkopf könnte ihn ohne weiteres ablösen, und er weiß es wohl auch und verhält sich bescheiden und dankbar.

Auf dem Heimwege sagt er mir höflich Grüß Gott, der ich zwischen Hund und Hahn auf der Bank sitze, und man merkt ihm an, daß er sich keine Feinde zu machen wünscht.

Teergeruch, Wasserwind – und dumpf plantscht es gegen das Holz der Kähne. Was will ich mehr? Manchmal kommt eine andre heimatliche Erinnerung mich an: das Wasser steht tief, es riecht etwas faulig, – das ist die Lagune, das ist Venedig. Aber dann wieder ist Sturmflut, unendlicher Regen schüttet hernieder, im Gummimantel, das Gesicht überschwemmt, stemme ich mich auf dem oberen Weg gegen den steifen West, der in der Allee die jungen Pappeln von ihren Pfählen reißt und es erklärlich macht, warum hier die Bäume zur Windschiefheit neigen, einseitig ausgewachsene Kronen haben; und Bauschan bleibt oft auf dem Wege stehen, um sich zu schütteln, daß es nach allen Seiten spritzt. Der Fluß ist nicht mehr, der er war. Geschwollen, gelbdunkel, trägt er sich mit katastrophalem Ausdruck daher. Das ist ein Schwanken, Drängen und schweres Eilen der Wildflut, – in schmutzigen Wogen nimmt sie das ganze Reservebett bis zum Rande der Böschung ein, ja schlägt an der Betonierung, den Sicherungsarbeiten aus Weidengeflecht empor, so daß man die Vorsorge segnet, die da gewaltet. Das Unheimliche ist: der Fluß wird *still*, viel stiller als sonst, fast lautlos in diesem Zustande. Er bietet die gewohnten Stromschnellen nicht mehr, er steht zu hoch dazu; aber jene Stellen sind doch daran zu erkennen, daß die Wogen dort tiefere Täler bilden und höher gehen als anderswo, und daß ihre Kämme sich rückwärts – nicht wie die Kämme der Brandung nach vorn – überschlagen. Der

Wasserfall spielt überhaupt keine Rolle mehr; sein Leib ist flach und armselig, das Gebrause zu seinen Füßen durch die Höhe des Wasserstandes fast aufgehoben. Was aber bei alledem Bauschan betrifft, so kennt sein Erstaunen über eine solche Veränderung der Dinge keine Grenzen. Er kommt aus dem Stutzen überhaupt nicht heraus, er begreift es nicht, daß der trockne Raum, wo er sonst zu traben und zu rennen gewohnt war, heute verschwunden, vom Wasser bedeckt ist; erschrocken flüchtet er vor der hochanschlagenden Flut die Böschung hinauf, sieht sich wedelnd nach mir um, sieht wieder das Wasser an und hat dabei eine verlegene Art, das Maul schief zu öffnen, es wieder zu schließen und dabei mit der Zunge in den Winkel zu fahren, – ein Mienenspiel, das ebenso menschlich wie tierisch anmutet, als Ausdrucksmittel etwas unfein und untergeordnet, aber durchaus verständlich ist, und das ganz ebenso, angesichts einer vertrackten Sachlage, ein etwas einfältiger und niedriggeborener Mensch zeigen könnte, indem er sich allenfalls noch das Genick dazu kratzte. –

Nachdem ich nun auch auf die Zone des Flusses näher eingegangen, habe ich die ganze Gegend beschrieben und, soviel ich sehe, alles getan, um sie anschaulich zu machen. Sie gefällt mir gut in der Beschreibung, aber als Natur gefällt sie mir doch noch besser. Sie ist immerhin genauer und vielfältiger in dieser Sphäre, wie ja auch Bauschan selbst in Wirklichkeit wärmer, lebendiger und lustiger ist als sein magisches Spiegelbild. Ich bin der Landschaft anhänglich und dankbar, darum habe ich sie beschrieben. Sie ist mein Park und meine Einsamkeit; meine Gedanken und Träume sind mit ihren Bildern vermischt und verwachsen, wie das

Laub ihrer Schlingpflanzen mit dem ihrer Bäume. Ich habe sie angeschaut zu allen Tages- und Jahreszeiten: im Herbst, wenn der chemische Geruch des welkenden Laubes die Luft erfüllt, wenn die Menge der Distelstauden wollig abblüht, die großen Buchen des »Kurgartens« einen rostfarbenen Laubteppich um sich her auf die Wiese breiten und goldtriefende Nachmittage in theatralisch-romantische Frühabende übergehen, mit der am Himmel schwimmenden Mondsichel, milchigem Nebelgebräu, das über den Gründen schwebt, und einem durch schwarze Baumsilhouetten brennenden Abendrot . . . Im Herbst also und auch im Winter, wenn aller Kies mit Schnee bedeckt und weich ausgeglichen ist, so daß man mit Gummiüberschuhen darauf gehen kann; wenn der Fluß schwarz zwischen den bleichen, frostgebundenen Ufern dahinschießt und das Geschrei der Hunderte von Möwen von morgens bis abends die Luft erfüllt. Aber der zwangloseste und vertrauteste Umgang mit ihr ist eben doch in den milden Monaten, wo es keiner Zurüstung bedarf, um rasch, zwischen zwei Regenschauern, auf ein Viertelstündchen hinauszutreten, im Vorübergehen einen Faulbaumzweig vor das Gesicht zu biegen und nur eben einmal einen Blick in die wandernden Wellen zu tun. Vielleicht waren Gäste im Hause, nun sind sie fort, zermürbt von Konversation ist man in seinen vier Wänden zurückgeblieben, wo der Hauch der Fremden noch in der Atmosphäre schwebt. Da ist es gut, wie man geht und steht ein wenig auf die Gellert-, die Stifter-Straße hinauszuschlendern, um aufzuatmen und sich zu erholen. Man blickt zum Himmel empor, man blickt in die Tiefen des zierlichen und weichen Blätterschlages, die

Nerven beruhigen sich, und Ernst und Stille kehren in das Gemüt zurück.
Bauschan aber ist immer dabei. Er hat das Eindringen der Welt in das Haus nicht verhindern können, mit fürchterlicher Stimme hat er Einspruch erhoben und sich ihr entgegengestellt, aber das nützte nichts, und so ging er beiseite. Nun ist er froh, daß ich wieder mit ihm im Reviere bin. Einen Ohrlappen nachlässig zurückgeschlagen und nach allgemeiner Hundeart schief laufend, so daß die Hinterbeine nicht gerade hinter den vordern, sondern etwas seitlich davon sich bewegen, trabt er auf dem Kies vor mir her. Und plötzlich sehe ich, wie es ihn an Leib und Seele packt, sein steif aufgerichteter Stummelschwanz in ein wildes Fuchteln gerät. Sein Kopf stößt vorwärts und abwärts, sein Körper spannt sich und zieht sich in die Länge, er springt dahin und dorthin und schießt im nächsten Augenblick, immer die Nase am Boden, in einer bestimmten Richtung davon. Das ist eine Fährte. Er ist einem Hasen auf der Spur.

Die Jagd

Die Gegend ist reich an jagdbarem Wild, und wir jagen es; das will sagen: Bauschan jagt es, und ich sehe zu. Auf diese Weise jagen wir: Hasen, Feldhühner, Feldmäuse, Maulwürfe, Enten und Möwen. Aber auch vor der hohen Jagd scheuen wir nicht zurück, wir pirschen auch auf Fasanen und selbst auf Rehe, wenn ein solches sich, etwa im Winter, einmal in unser Revier verirrt. Das ist dann ein erregender Anblick, wenn das hochbeinige, leichtgebaute Tier, gelb gegen den Schnee, mit hochwippendem weißen Hinterteil, vor dem kleinen, alle Kräfte einsetzenden Bauschan dahinfliegt – ich verfolge den Vorgang mit der größten Teilnahme und Spannung. Nicht daß etwas dabei herauskäme; das ist noch nie geschehen und wird auch nicht. Aber das Fehlen handgreiflicher Ergebnisse vermindert weder Bauschans Lust und Leidenschaft, noch tut es meinem eignen Vergnügen den geringsten Abbruch. Wir pflegen die Jagd um ihrer selbst, nicht um der Beute, des Nutzens willen, und Bauschan ist, wie gesagt, der tätige Teil. Von mir versieht er sich eines mehr als moralischen Beistandes nicht, da er eine andre Art des Zusammenwirkens, eine schärfere und sachlichere Manier, das Ding zu betreiben, aus persönlicher und unmittelbarer Erfahrung nicht kennt. Ich betone diese Wörter: »persönlich« und »unmittelbar«; denn daß seine Vorfahren, wenigstens soweit sie der Hühnerhundlinie angehörten, ein wirklicheres Jagen gekannt haben, ist mehr als wahrscheinlich, und gelegentlich habe ich mich gefragt, ob wohl eine Erinnerung daran auf ihn gekommen sein und durch einen zufälligen Anstoß geweckt werden könnte. Auf seiner Stufe sondert gewiß das Leben des Einzelwesens sich oberflächlicher von dem der Gattung als in unserm Falle, Geburt und Tod bedeuten ein weniger tiefreichendes Schwanken des Seins, vielleicht erhalten die Überlieferungen des Geblütes sich unversehrter, so daß es nur ein Scheinwiderspruch wäre, von eingeborenen Erfahrungen, unbewußten Erinnerungen zu reden, die, hervorgerufen, das Geschöpf an seinen persönlichen Erfahrungen irrezumachen, es damit unzufrieden zu machen vermöchten. Diesem Gedanken hing ich einmal nach, mit einiger Unruhe; aber ich schlug ihn mir ebenso bald wieder aus dem Sinn, wie Bauschan sich offenbar das brutale Vorkommnis aus dem Sinne schlug, dessen Zeuge er gewesen, und das mir zu meinen Erwägungen Anlaß gegeben.

Wenn ich zur Jagd mit ihm ausziehe, pflegt es Mittag zu sein, halb zwölf oder zwölf Uhr, zuweilen, besonders an sehr warmen Sommertagen, ist es auch vorgerückter Nachmittag, sechs Uhr und später, oder es geschieht auch um diese Zeit schon zum zweitenmal; in jedem Falle ist mein Zustand dabei ein ganz andrer als bei unsrem ersten lässigen Ausgang am Morgen. Die Unberührtheit und Frische jener Stunde ist längst dahin, ich habe gesorgt und gekämpft unterdessen, habe Schwierigkeiten überwunden, daß es nur so knirschte, mich mit dem einzelnen herumgeschlagen, während gleichzeitig ein weitläufiger und vielfacher Zusammenhang fest im Sinne zu halten, in seinen letzten Verzweigungen mit Geistesgegenwart zu durchdringen war, und mein Kopf ist müde. Da ist es die Jagd mit Bauschan, die mich zerstreut und erheitert, die mir die Lebensgeister weckt und mich für den Rest des Tages, an dem noch manches zu leisten ist, wieder instand setzt. Aus Dankbarkeit beschreibe ich sie. Natürlich ist es nicht so, daß wir von den Wildarten, die ich nannte, tagweise eine bestimmte aufs Korn nähmen und etwa nur auf die Hasen- oder Entenjagd gingen. Vielmehr jagen wir alles durcheinander, was uns eben – ich hätte beinahe gesagt: vor die Flinte kommt; und wir brauchen nicht weit zu gehen, um auf Wild zu stoßen, die Jagd kann buchstäblich gleich außerhalb der Gartenpforte beginnen, denn Feldmäuse und Maulwürfe gibt es im Grunde des Wiesenbeckens hinter dem Hause schon eine Menge. Diese Pelzträger sind ja genaugenommen kein Wild; aber ihr heimlich-wühlerisches Wesen, namentlich die listige Behendigkeit der Mäuse, welche nicht tagblind sind wie ihr schaufelnder Vetter und sich oft an der Erdoberfläche klüglich herumtreiben, bei Annäherung einer Gefahr aber in das schwarze Schlupfloch hineinzucken, ohne daß man ihre Beine und deren Bewegung zu unterscheiden vermöchte, – wirkt immerhin mächtig auf seinen Verfolgungstrieb, und dann sind gerade sie die einzige Wildart, die ihm zuweilen zur Beute wird: eine Feldmaus, ein Maulwurf, das ist ein *Bissen*, – nicht zu verachten in so mageren Zeiten wie den gegenwärtigen, so er in seinem Napf neben der Hütte oft nichts als ein wenig geschmacklose Rollgerstensuppe findet.

So habe ich denn kaum meinen Stock ein paar Schritte die Pappelallee hinaufgesetzt, und kaum hat Bauschan sich, um die Partie zu eröffnen, ein wenig ausgetollt, da sehe ich ihn schon zur Rechten die sonderbarsten Kapriolen vollführen: Schon hält die Jagdleidenschaft ihn umfangen, er hört und sieht nichts mehr als das aufreizend versteckte Treiben der Lebewesen rings um ihn her: gespannt, wedelnd, die Beine behutsam hochhebend, schleicht er durch das Gras, hält mitten im Schritte ein, von den Vorder- und Hinterbeinen je eins in der Luft, äugt schiefköpfig, mit spitzer Schnauze von oben herab in den Grund, wobei ihm die Lappen der straff aufgerichteten Ohren zu beiden Seiten der Augen nach vorn fallen, springt zutappend

mit beiden Vorderpfoten auf einmal vorwärts und wieder vorwärts und guckt mit stutziger Miene dorthin, wo eben etwas war, und wo nun nichts mehr ist. Dann beginnt er zu graben . . . Ich habe die größte Lust, zu ihm zu stoßen und den Erfolg abzuwarten; aber wir kämen ja nicht vom Fleck, er würde seine ganze für diesen Tag angesammelte Jagdlust hier auf der Wiese verausgaben. So gehe ich denn weiter, unbekümmert darum, daß jener mich einholt, auch wenn er noch lange zurückbleibt und nicht gesehen hat, wohin ich mich wandte: meine Spur ist ihm nicht weniger deutlich als die eines Wildes, den Kopf zwischen den Vorderpfoten pirscht er ihr nach, wenn er mich aus den Augen verloren, schon höre ich das Klingeln seiner Steuermarke, seinen festen Galopp in meinem Rücken, er schießt an mir vorbei und macht kehrt, um sich wedelnd zur Stelle zu melden.
Aber draußen im Holz oder auf den Wiesenbreiten der Bachregion halte ich doch so manches Mal an und sehe ihm zu, wenn ich ihn beim Graben nach einer Maus betreffe, angenommen selbst, daß es schon spät ist, und daß ich beim Zuschauen die gemessene Zeit zum Spazierengehen versäume. Seine leidenschaftliche Arbeit ist gar zu fesselnd, sein tiefer Eifer steckt an, ich kann nicht umhin, ihm von Herzen Erfolg zu wünschen, und möchte um vieles gern Zeuge davon sein. Der Stelle, wo er gräbt, war vielleicht von außen nichts anzumerken — vielleicht ist es eine moosige, von Baumwurzeln durchzogene Erhöhung am Fuß einer Birke. Aber er hat das Wild dort gehört, gerochen, hat wohl gar noch gesehen, wie es wegzuckte; er ist sicher, daß es dort unter der Erde in seinem Gange und Baue sitzt, es gilt nur zu ihm zu gelangen,

und so gräbt er aus Leibeskräften, in unbedingter und weltvergessener Hingebung, nicht wütend, aber mit sportlich sachlicher Leidenschaft, — es ist prachtvoll zu sehen. Sein kleiner getigerter Körper, unter dessen glatter Haut die Rippen sich abzeichnen, die Muskeln spielen, ist in der Mitte durchgedrückt, das Hinterteil mit dem unaufhörlich im raschesten Zeitmaß hin- und hergehenden Stummelschwanz ragt steil empor, der Kopf ist unten bei den Vorderpfoten in der schon ausgehobenen, schräg einlaufenden Höhlung, und abgewandten Gesichts reißt er mit den metallharten Klauen, so geschwinde es geht, den Boden weiter und weiter auf, daß Erdklumpen, Steinchen, Grasfetzen und holzige Wurzelteilchen mir bis unter die Hutkrempe fliegen. Dazwischen tönt in der Stille sein Schnauben, wenn er nach einigem Vordringen die Schnauze ins Erdreich wühlt, um das kluge, stille, ängstliche Wesen dort innen mit dem Geruchsinn zu belagern. Dumpf tönt es: er stößt den Atem hastig hinein, um nur rasch die Lunge zu leeren und wieder einwittern — den feinen, scharfen, wenn auch noch fernen und verdeckten Mäuseduft wieder einwittern zu können. Wie mag dem Tierchen dort unten zumute sein bei diesem dumpfen Schnauben? Ja, das ist seine Sache oder auch Gottes Sache, der Bauschan zum Feind und Verfolger der Erdmäuse gesetzt hat, und dann ist die Angst ja auch ein verstärktes Lebensgefühl, das Mäuschen würde sich wahrscheinlich langweilen, wenn kein Bauschan wäre, und wozu wäre dann seine perläugige Klugheit und flinke Minierkunst gut, wodurch die Kampfbedingungen sich reichlich ausgleichen, so daß der Erfolg des Angreifers immer recht unwahrscheinlich bleibt? Kurzum, ich fühle kein Mitleid mit der Maus, innerlich bin ich auf Bauschans Seite, und oftmals leidet es mich nicht in der Rolle des Zuschauers: mit dem Stock greife ich ein, wenn ein festeingebetteter Kiesel, ein zäher Wurzelstrang ihm im Wege ist, und helfe ihm bohrend und hebend das Hindernis zu beseitigen. Dann sendet er wohl, aus der Arbeit heraus, einen raschen, erhitzten Blick des Einverständnisses zu mir empor. Mit vollen Kinnbacken beißt er in die zähe, durchwachsene Erde, reißt Schollen ab, wirft sie beiseite, schnaubt abermals dumpf in die Tiefe und setzt, von der Witterung befeuert, die Klauen wieder in rasende Tätigkeit . . .

In der großen Mehrzahl der Fälle ist das alles verlorene Mühe. Mit erdiger Nase, bis zu den Schultern beschmutzt, spürt Bauschan noch einmal oberflächlich an dem Orte umher, und läßt dann ab davon, trollt sich gleichgültig weiter. »Es war nichts, Bauschan«, sage ich, wenn er mich ansieht. »Nichts war es«, wiederhole ich, indem ich der Verständlichkeit halber den Kopf schüttle und Brauen und Schultern emporziehe. Aber es ist nicht im mindesten nötig, ihn zu trösten, der Mißerfolg drückt ihn keinen Augenblick nieder. Jagd ist Jagd, der Braten ist das wenigste, und eine herrliche Anstrengung war es doch, denkt er, soweit er überhaupt noch an die eben so heftig betriebene Angelegenheit zurückdenkt; denn schon ist er auf neue Unternehmungen aus, zu denen es in allen drei Zonen an Gelegenheit wahrhaftig nicht fehlt.

Aber es kommt auch vor, daß er das Mäuschen erwischt, und das läuft nicht ohne Erschütterung für mich ab, denn er frißt es ja ohne Erbarmen bei lebendigem Leibe und mit Pelz und Knochen, wenn er seiner habhaft wird. Vielleicht war das unglückselige Wesen von seinem Lebenstriebe nicht gut beraten gewesen und hatte sich eine allzu weiche, ungesicherte und leicht aufwühlbare Stelle zu seinem Bau erwählt; vielleicht reichte der Stollen nicht tief genug, und vor Schreck war es dem Tierchen mißlungen, ihn rasch weiter hinabzutreiben, es hatte den Kopf verloren und hockte nun wenige Zoll unter der Oberfläche, während ihm bei dem furchtbaren Schnauben, das zu ihm drang, vor Entsetzen die Perläuglein aus dem Kopfe traten. Genug, die eiserne Klaue legt es bloß, wirft es auf – herauf, an den grausamen Tag, verlorenes Mäuschen! Mit Recht hast du dich so geängstigt, und es ist nur gut, daß die große berechtigte Angst dich wahrscheinlich schon halb bewußtlos gemacht hat, denn nun wirst du in Speisebrei verwandelt. Er hat es am Schwanz, zwei-, dreimal schleudert er es am Boden hin und her, ein ganz schwaches Pfeifen wird hörbar, das letzte dem gottverlaßnen Mäuschen vergönnte, und dann schnappt Bauschan es ein, in seinen Rachen, zwischen die weißen Zähne. Breitbeinig, die Vorderpfoten aufgestemmt, mit gebeugtem Nacken steht er da und stößt beim Kauen den Kopf vor, indem er den Bissen gleichsam immer von neuem fängt und ihn sich im Maule zurechtwirft. Die Knöchlein knacken, noch hängt ein Pelzfetzen einen Augenblick im Winkel seines Maules, er fängt ihn, dann ist es geschehen, und Bauschan beginnt eine Art von Freuden- und Siegestanz um mich herum aufzuführen, der ich auf meinen Stock gelehnt an der Stätte stehe, wie ich während des ganzen Vorganges zuschauend gestanden habe. »Du bist mir einer!« sage ich mit grausenvoller Anerkennung zu ihm und nicke. »Ein schöner

Mörder und Kannibale bist du mir ja!« Auf solche Worte hin verstärkt er sein Tanzen, und es fehlt nur, daß er laut dazu lachte. So gehe ich denn auf meinem Pfade weiter, etwas kalt in den Gliedern von dem, was ich gesehen habe, und doch auch wieder aufgeräumt in meinem Innern durch den rohen Humor des Lebens. Die Sache ist in der natürlichen Ordnung, und ein von seinen Instinkten mangelhaft beratenes Mäuschen wird eben in Speisebrei verwandelt. Aber lieb ist es mir doch, wenn ich in solchem Falle der natürlichen Ordnung nicht mit dem Stocke nachgeholfen, sondern mich rein betrachtend verhalten habe.

Es ist erschreckend, wenn plötzlich der Fasan aus dem Dickicht bricht, wo er schlafend saß oder wachend unentdeckt zu bleiben hoffte, und von wo Bauschans Spürnase nach einigem Suchen ihn aufstörte. Klappernd und polternd, unter angstvoll entrüstetem Geschrei und Gegacker erhebt sich der große, rostrote, langbefiederte Vogel und flüchtet sich, seinen Kot aus der Höhe ins Holz fallen lassend, mit der törichten Kopflosigkeit des Huhns auf einen Baum, wo er fortfährt zu zetern, während Bauschan, am Stamme aufgerichtet, stürmisch zu ihm emporbellt. Auf, auf! heißt dieses Gebell. Flieg weiter, alberner Gegenstand meiner Lust, daß ich dich jagen kann! Und das Wildhuhn widersteht nicht der mächtigen Stimme, rauschend löst es sich wieder von seinem Zweige und macht sich schweren Fluges durch die Wipfel weiter davon, immer krähend und sich beklagend, indes Bauschan es zu ebener Erde scharf und in männlichem Stillschweigen verfolgt.

Hierin besteht seine Wonne; er will und weiß nichts weiter. Denn was wäre auch, wenn er des Vogels habhaft würde? Nichts wäre – ich habe gesehen, wie er einen zwischen den Klauen hatte, er mochte ihn in tiefem Schlafe betreten haben, so daß das schwerfällige Geflügel sich nicht rechtzeitig vom Boden hatte erheben können: nun stand er über ihm, ein verwirrter Sieger, und wußte nichts damit anzufangen. Einen Fittich gespreizt, mit weggedehntem Halse lag der Fasan im Grase und schrie, schrie ohne Pause, daß es klang, wie wenn im Gebüsch eine Greisin gemordet würde, und ich herzueilte, um etwas Gräßliches zu verhüten. Aber ich überzeugte mich rasch, daß nichts zu befürchten sei: Bauschans zutage liegende Ratlosigkeit, die halb neugierige, halb angewiderte Miene, mit der er schiefköpfig auf seinen Gefangenen niederblickte, versicherte mich dessen. Das Weibsgeschrei zu seinen Füßen mochte ihm auf die Nerven gehen, der ganze Zufall ihm mehr Verlegenheit als Triumph bereiten. Rupfte er ehren- und schandenhalber das Wild ein wenig? Ich sah, glaube ich, daß er ihm mit den Lippen, ohne die Zähne zu brauchen, ein paar Federn aus seinem Kleide zog und sie mit ärgerlichem Kopfschleudern beiseite warf. Dann trat er ab von ihm und gab ihn frei, – nicht aus Großmut, sondern weil die Sachlage ihn langweilte, ihm nichts mehr mit fröhlicher Jagd zu tun zu haben schien. Nie habe ich einen verblüffteren Vogel gesehen! Er hatte mit dem Leben wohl abgeschlossen, und es schien vorübergehend, als wisse er keinen Gebrauch mehr davon zu machen: wie tot lag er eine Weile im Grase. Dann taumelte er ein Stück am Boden hin, schwankte auf einen Baum, schien herunterfallen zu wollen, raffte sich auf und suchte mit schwer schleppenden Gewändern das Weite. Er schrie nicht mehr, er hielt den

Schnabel. Stumm flog er über den Park, den Fluß, die jenseitigen Wälder, fort, fort, so weit wie möglich, und ist gewiß nie wiedergekommen.
Aber es gibt viele seinesgleichen in unserm Revier, und Bauschan jagt sie in Züchten und Ehren. Der Mäusefraß bleibt seine einzige Blutschuld, und auch sie erscheint als etwas Entbehrlich-Beiläufiges, das Spüren, Auftreiben, Rennen, Verfolgen als hochherziger Selbstzweck, – jedem erschiene es so, der ihn bei diesem glänzenden Spiele beobachtete. Wie schön er wird, wie idealisch, wie vollkommen! So wird der bäurische, plumpe Gebirgsbursch vollkommen und bildhaft, steht er als Gemsjäger im Gesteine. Alles Edle, Echte und Beste in Bauschan wird nach außen getrieben und gelangt zu prächtiger Entfaltung in diesen Stunden; darum verlangt er so sehr nach ihnen und leidet, wenn sie unnütz verstreichen. Das ist kein Pinscher, das ist der Weidner und Spürer, wie er im Buche steht, und hohe Freude an sich selbst spricht aus jeder der kriegerischen, männlich ursprünglichen Posen, die er in stetem Wechsel entwickelt. Ich wüßte nicht viele Dinge, die mir das Auge erquickten wie sein Anblick, wenn er in federndem Trabe durch das Gestrüpp zieht und dann gefesselt ansteht, eine Pfote zierlich erhoben und nach innen gebogen, klug, achtsam, bedeutend, in schöner Spannung aller seiner Eigenschaften! Dazwischen quiekt er. Er hat sich mit dem Fuße in etwas Dornigem verfangen, und laut schreit er auf. Aber auch das ist Natur, auch das erheiternder Mut zur schönen Einfalt, und nur flüchtig vermag es seine Würde zu beeinträchtigen, die Pracht seiner Haltung ist im nächsten Augenblicke wieder vollkommen hergestellt.

Ich sehe ihm zu und erinnere mich eines Zeitpunktes, da er all seines Stolzes und seines Edelmutes verlustig gegangen und buchstäblich wieder auf den körperlichen und seelischen Tiefstand herabgekommen war, worauf er sich zuerst in der Küche des Bergfräuleins uns dargestellt, und von welchem er sich mühselig genug zum Glauben an sich selbst und die Welt erhoben hatte. Ich weiß nicht, was mit ihm war, – er blutete aus dem Maule oder aus der Nase oder aus dem Halse, ich weiß es bis heute nicht; wo er ging und stand, hinterließ er Blutspuren, im Grase des Reviers, auf dem Stroh seines Lagers, auf dem Fußboden des Zimmers, das er betrat – ohne daß irgendeine äußere Verletzung nachzuweisen gewesen wäre. Oft erschien seine Schnauze wie mit roter Ölfarbe beschmiert. Er nieste, und es gingen Blutspritzer von ihm, in die er mit der Pfote trat, so daß der ziegelfarbene Abdruck seiner Zehen zurückblieb, wo er geschritten war. Sorgfältige Untersuchungen führten zu keinem Ergebnis und damit zu wachsender Beunruhigung. War er lungensüchtig? Oder sonst mit einem uns unbekannten Übel geschlagen, dem seine Art ausgesetzt sein mochte? Als die so unheimliche wie unreinliche Erscheinung nach einigen Tagen nicht weichen wollte, wurde seine Einlieferung in die tierärztliche Klinik beschlossen.

Am folgenden Tage, gegen Mittag, nötigte der Herr ihm mit freundlicher Festigkeit den Maulkorb auf, jene lederne Gittermaske, die Bauschan wie wenige Dinge verabscheut, und deren er sich durch Kopfschütteln und Pfotenstreichen beständig zu entledigen sucht, legte ihn an die geflochtene Schnur und leitete den so Aufgeschirrten links hin die Allee hinauf, dann durch den Stadtpark und dann eine städtische Straße empor zu den Baulichkeiten der Hochschule, deren Tor und Hof wir durchschritten. Ein Warteraum nahm uns auf, an dessen Wänden mehrere Personen saßen, von denen eine jede gleich mir einen Hund an der Leine hielt, – Hunde verschiedener Größe und Art, die einander durch ihre Ledervisiere schwermütig betrachteten. Es war da ein Mütterchen mit ihrem schlagflüssigen Mops, ein Livreebedienter mit einem hohen und blütenweißen russischen Windhund, der von Zeit zu Zeit einen vornehm krächzenden Husten vernehmen ließ, ein ländlicher Mann mit einem Teckelhund, welcher wohl der orthopädischen Wissenschaft vorgeführt werden sollte, da alle Füße ihm völlig falsch, verkrümmt und verschroben am Leibe saßen, und andre mehr. Sie alle ließ der hin- und widergehende Anstaltsdiener nach und nach in das anstoßende Ordinationszimmer ein, dessen Tür er endlich auch für mich und Bauschan öffnete.

Der Professor, ein Mann auf der Höhe der Jahre, in weißem Operationsmantel, mit goldner Brille, einem lockigen Scheitel und von so kundiger, lebensfreundlicher Milde des Wesens, daß ich ihm unbedenklich mich selbst und alle die Meinen in jeder Leibesnot anvertraut haben würde, lächelte während meines Vortrages väterlich auf den vor ihm sitzenden und von seiner Seite vertrauensvoll zu ihm aufblickenden Klienten hinab. »Schöne Augen hat er«, sagte er, ohne des Knebelbartes zu gedenken, und erklärte sich dann bereit, eine Untersuchung sogleich zu vollziehen. Mit Hilfe des Dieners wurde der vor Erstaunen widerstandslose Bauschan auf einen Tisch gebreitet, und dann war es rührend zu sehen, wie der Arzt ihm das

schwarze Hörrohr ansetzte und das getigerte Männchen gewissenhaft auskultierte, ganz wie ich es mehr als einmal im Leben bei mir selbst hatte geschehen lassen. Er behorchte sein geschwinde arbeitendes Hundeherz, behorchte sein organisches Innenleben von verschiedenen Punkten aus. Hierauf untersuchte er, das Hörrohr unter dem Arm, mit beiden Händen Bauschans Augen, seine Nase sowie die Höhle seines Maules und kam dann zu einem vorläufigen Spruch. Der Hund sei ein wenig nervös und anämisch, sagte er, sonst aber in gutem Stande. Die Herkunft der Blutungen sei ungewiß. Es könne sich um Epistaxis handeln oder um Hämatemesis. Aber auch ein Fall von trachealen oder pharyngealen Blutungen könne vorliegen, das sei nicht ausgeschlossen. Vielleicht spreche man bis auf weiteres am zutreffendsten von Hämoptyse. Eine sorgfältige Beobachtung des Tieres sei geboten. Ich möge es an Ort und Stelle lassen und mich in acht Tagen wieder nach ihm umsehen.
So belehrt, empfahl ich mich dankend und klopfte Bauschan zum Abschied die Schulter. Ich sah noch, wie der Gehilfe den neu Aufgenommenen über den Hof gegen den Eingang eines rückwärts gelegenen Gebäudes führte und wie Bauschan sich mit verwirrtem und ängstlichem Gesichtsausdruck nach mir umblickte. Und doch hätte er sich geschmeichelt fühlen sollen, wie ich selbst nicht umhin konnte mich zu fühlen, weil der Professor ihn für nervös und anämisch erklärt hatte. Es war ihm nicht an der Wiege gesungen worden, daß man ihn eines Tages dafür erklären und es überhaupt so gelehrt und genau mit ihm nehmen werde.

Aber meine Spaziergänge waren fortan, was ungesalzene Speisen dem Gaumen sind; sie gewährten mir nur wenig Vergnügen. Kein stiller Freudensturm herrschte bei meinem Ausgang, kein stolzes Jagdgetümmel um mich her unterwegs. Der Park schien mir öde, ich langweilte mich. Ich unterließ nicht, Erkundigungen durch den Fernsprecher in die Wartezeit einzulegen. Die Antwort, von einem untergeordneten Organ erteilt, lautete, der Patient befinde sich den Umständen entsprechend, – Umständen, deren nähere Kennzeichnung man aus guten oder schlimmen Gründen vermied. Da wieder der Wochentag herangekommen, an dem ich Bauschan in die Anstalt verbracht hatte, machte ich mich abermals dorthin auf.
Geleitet von reichlich angebrachten Schildern mit Inschriften und weisenden Händen, gelangte ich auf geradem Wege und ohne Irrgang vor die Tür der klinischen Abteilung, die Bauschan beherbergte, unterließ es, auf ein an der Tür angebrachtes Geheiß, zu klopfen, und trat ein. Der mäßig große Raum, der mich umgab, erweckte den Eindruck eines Raubtierhauses, und auch die Atmosphäre eines solchen herrschte darin; nur daß der wild-tierische Menageriegeruch hier mit allerlei medikamentösen Dünsten süßlich versetzt erschien, – eine beklemmende und erregende Mischung. Gitterkäfige liefen ringsherum, fast alle bewohnt. Tiefes Gebell schlug mir aus einem von ihnen entgegen, an dessen offener Pforte ein Mann, offenbar der Wärter, sich eben mit Rechen und Schaufel zu schaffen machte. Ohne seine Arbeit zu unterbrechen, begnügte er sich damit, meinen Gruß zu erwidern, mich übrigens vorderhand meinen Eindrücken überlassend.

Der erste Rundblick, bei noch offener Tür, hatte mich Bauschan erkennen lassen, und ich trat auf ihn zu. Er lag hinter den Traljen seines Zwingers auf einer Bodenstreu, die aus Lohe oder ähnlichem Stoffe bestehen mochte und ihren besondern Duft dem Geruch der Tierkörper und dem des Karbols oder Lysoforms noch hinzufügte, – lag dort wie ein Leopard, aber wie ein sehr müder, sehr teilnahmsloser und verdrossener Leopard: ich erschrak über die mürrische Gleichgültigkeit, die er meinem Ein- und Herantreten entgegensetzte. Schwach pochte er ein- oder zweimal mit dem Schwanz auf den Boden, und erst als ich ihn anredete, hob er den Kopf von den Pfoten, aber nur, um ihn sogleich wieder fallen zu lassen und trübe zur Seite zu blinzeln. Ein irdener Napf mit Wasser stand im Hintergrunde des Käfigs zu seiner Verfügung. Außen, an den Gitterstäben, war eine in einen Rahmen gespannte, teils vorgedruckte, teils handschriftliche Tabelle befestigt, die unter der Angabe von Bauschans Namen, Art, Geschlecht und Alter eine Fieberkurve zeigte. »Hühnerhund-Bastard« stand dort, »genannt Bauschan. Männlich. Zwei Jahre alt. Eingeliefert an dem und dem Tage und Monat des Jahres –, zur Beobachtung wegen okkulter Blutungen.« Und dann folgte die mit der Feder gezogene und übrigens in geringen Schwankungen verlaufende Wärmekurve nebst ziffernmäßigen Angaben über die Häufigkeit von Bauschans Puls. Er wurde also gemessen, wie ich sah, und auch der Puls wurde ihm gefühlt von ärztlicher Seite – in dieser Richtung fehlte es an nichts. Aber sein Gemütszustand war es, der mir Sorge machte.

»Ist das der Ihrige?« fragte der Wärter, der sich mir

unterdessen, sein Gerät in Händen, genähert hatte. Er war mit einer Art von Gärtnerschürze bekleidet, ein gedrungener, rundbärtiger und rotbäckiger Mann mit braunen, etwas blutunterlaufenen Augen, deren treuer und feuchter Blick selbst auffallend hundemäßig anmutete. Ich bejahte seine Frage, berief mich auf die erhaltene Weisung, heute wieder vorzusprechen, auf die geführten Ferngespräche und erklärte, ich sei gekommen zu hören, wie alles stehe. Der Mann warf einen Blick auf die Tabelle. Ja, es seien okkulte Blutungen, woran der Hund leide, sagte er, und damit sei es immer eine langwierige Sache, besonders wenn man nicht recht wisse, woher sie kämen. – Ob denn das noch immer der Fall nicht sei? – Nein, man wisse es noch nicht recht. Aber der Hund sei ja zur Beobachtung da, und er werde beobachtet. – Und die Blutungen dauerten noch an? – Ja, mitunter wiederholten sie sich noch. – Und dann würden sie beobachtet? – Ja, ganz genau. – Ob denn Fieber vorhanden sei, fragte ich, indem ich aus der Kurve am Gitter klug zu werden suchte. – Nein, kein Fieber. Der Hund habe seine ordnungsmäßige Wärme und Pulszahl, ungefähr neunzig Schläge in der Minute, das sei das richtige, weniger dürften es gar nicht sein, und wenn es viel weniger wären, so müßte er noch viel schärfer beobachtet werden. Überhaupt sei ja der Hund bis auf die okkulten Blutungen recht gut beisammen. Er habe wohl anfangs geheult, rund vierundzwanzig Stunden lang, aber dann sei er eingelebt gewesen. Fressen möge er freilich nicht viel; aber er habe ja auch keine Bewegung, und dann komme es darauf an, wieviel er früher gefressen habe. – Was man ihm denn gäbe? – Suppe, sagte der Mann. Aber, wie schon gesagt, er nehme nicht viel davon. – »Er macht einen gedrückten Eindruck«, bemerkte ich mit gespielter Sachlichkeit. – Ja, das tue er wohl, aber das habe nichts weiter zu sagen. Denn es sei ja am Ende nicht lustig für einen Hund, so dazuliegen und beobachtet zu werden. Gedrückt seien sie alle mehr oder weniger, das heiße: die Gutartigen; manch einer werde sogar tückisch und bissig dabei. Aber das könne er von dem da nicht sagen. Das sei ein Gutartiger, der würde nicht bissig werden, und wenn man ihn bis an sein Lebensende beobachte. – Darin gab ich dem Manne recht, aber ich tat es, Kummer und Empörung im Herzen. Auf wie lange denn, fragte ich, man schätzungsweise Bauschans Aufenthalt dahier noch berechne. – Wieder blickte der Mann auf die Tafel. Acht Tage noch, sagte er, seien nötig zur Beobachtung, so habe der Herr Professor gesagt. Nach weiteren acht Tagen möchte ich wiederkommen und nachfragen; dann würden es vierzehn im ganzen sein, und dann werde man mir sicher Bescheid geben können über den Hund und in betreff seiner Heilung von den okkulten Blutungen.

Ich ging, nachdem ich noch einmal versucht hatte, Bauschans Lebensgeister durch frischen Zuspruch zu wecken. Er wurde durch meinen Weggang so wenig wie durch mein Erscheinen bewegt. Verachtung und bittere Hoffnungslosigkeit schienen auf ihm zu liegen. »Da du fähig warst«, schien seine Haltung auszudrükken, »mich in diesen Käfig zu liefern, erwarte ich nichts mehr von dir.« Und mußte er nicht irre werden und verzweifeln an Vernunft und Gerechtigkeit? Was hatte er verschuldet, daß ihm dies geschah, und daß ich es nicht nur zuließ, sondern es selbst in die

Wege geleitet? Ich hatte es gut und würdig mit ihm im Sinne gehabt. Er hatte geblutet, und wenn das ihm selbst auch weiter nichts auszumachen schien, so hatte doch ich es für angemessen erachtet, daß die verordnete Wissenschaft sich seiner annähme, als eines Hundes in guten Umständen, und hatte es denn ja auch erlebt, daß sie ihn als etwas nervös und anämisch bezeichnet hatte wie ein Grafenkind. Und nun mußte es so für ihn ausgehen! Wie ihm begreiflich machen, daß man ihm Ehre und Aufmerksamkeit erwies, indem man ihn hinter Gitterstangen sperrte wie einen Jaguar, ihm Luft, Sonne und freie Bewegung entzog, um ihm statt dessen tagein, tagaus mit dem Thermometer beschwerlich zu fallen?

So fragte ich mich, indem ich nach Hause ging, und während ich bis dahin Bauschan nur vermißt hatte, gesellten sich nun zu dieser Empfindung Sorge um ihn, um sein Seelenheil, und zweifelnde Selbstanklagen. War es nicht endlich nur Eitelkeit und selbstsüchtige Hoffart gewesen, was mich vermocht hatte, ihn auf die Hochschule zu führen? War überdies vielleicht der geheime Wunsch damit verbunden gewesen, mich seiner auf einige Zeit zu entledigen, eine gewisse Neugierde und Lüsternheit, mich von seiner inständigen Bewachung einmal frei zu machen und zu sehen, wie es sei, wenn ich in kühler Seelenruhe mich nach rechts oder links würde wenden können, ohne in der belebten Außenwelt irgendwelche Gefühle, sei es der Freude oder der bitteren Enttäuschung, dadurch zu wecken? Wirklich genoß ich einer gewissen und lange nicht mehr erprobten inneren Unabhängigkeit seit Bauschans Internierung. Niemand behelligte mich durch die Glastür mit dem Anblick seines Wartemartyriums. Niemand kam, um mit zag erhobener Pfote mir die Brust mit einem Gelächter des Erbarmens zu erschüttern und mich zu alsbaldigem Aufbruch zu bewegen. Ob ich den Park suchte oder das Zimmer hütete, focht niemanden an. Das war bequem, beruhigend und hatte den Reiz der Neuheit. Da aber der gewohnte Ansporn fehlte, so ging ich beinahe nicht mehr spazieren. Meine Gesundheit litt; und während mein Zustand demjenigen Bauschans in seinem Käfig nachgerade auffallend ähnlich wurde, stellte ich die sittliche Betrachtung an, daß die Fessel des Mitgefühls meinem eigenen Wohlsein zuträglicher gewesen war als die egoistische Freiheit, nach der mich gelüstet hatte.

Auch die zweite Woche lief ab, und am bestimmten Tage stand ich wieder mit dem rundbärtigen Wärter vor Bauschans Gitterhaus. Der Insasse lag auf der Seite, lag irgendwie hingestreckt auf der Lohestreu seines Käfigs, die ihm das Fell befleckte, und hielt im Liegen den Kopf emporgeworfen, so daß er rückwärts gegen die kalkige Rückwand des Zwingers blickte, mit Augen, glasig und stumpf. Er rührte sich nicht. Daß er atmete, war kaum zu sehen. Nur zuweilen wölbte sich sein Brustkorb, der jede Rippe erkennen ließ, in einem Seufzer, den er mit leisem und herzzerreißendem Anklange seiner Stimmbänder von sich hauchte. Seine Beine schienen zu lang geworden, seine Pfoten unförmig groß, was von seiner erschrekkenden Abmagerung herrührte. Sein Fell war äußerst ruppig, verdrückt und, wie erwähnt, vom Wälzen im Rindenmehle verunreinigt. Er beachtete mich nicht, wie er überhaupt nie wieder irgend etwas beachten zu wollen schien.

Ganz und gar, sagte der Wärter, seien die Blutungen noch nicht verschwunden; sie kämen immer noch einmal wieder vor. Woher sie stammten, sei noch nicht ganz entschieden, auf jeden Fall seien sie harmloser Art. Ich könnte beliebig den Hund noch zu weiterer Beobachtung hierlassen, um ganz sicherzugehen, oder ich könnte ihn auch wieder mit nach Hause nehmen, wo sich das Übel mit der Zeit denn auch wohl verlieren würde. Da zog ich die geflochtene Schnur aus der Tasche – ich hatte sie zu mir gesteckt – und sagte, ich nähme Bauschan mit mir. Der Wärter fand es vernünftig. Er öffnete die Gittertür, und wir riefen Bauschan beide beim Namen, abwechselnd und gleichzeitig, aber er kam nicht, sondern starrte immer über sich hin gegen die Kalkwand. Indessen wehrte er sich auch nicht, als ich mit dem Arm in den Käfig griff und ihn am Halsband herauszog. Springend fiel er zur ebenen Erde herab auf seine Füße und stand da mit eingekniffenem Schwanze, die Ohren zurückgelegt, ein Bild des Elends. Ich nahm ihn, reichte dem Wärter ein Biergeld und verließ die Abteilung, um in den vorderen Anstaltsräumen meine Schuld zu begleichen, die sich, bei einer Grundtaxe von fünfundsiebzig Pfennigen für den Tag und zuzüglich des ärztlichen Honorars für die erste Untersuchung, auf zwölf Mark fünfzig bezifferte. Dann führte ich Bauschan nach Hause, eingehüllt in die süßlich-wilde Atmosphäre der Klinik, die mein Begleiter in seinem Felle trug.

Er war gebrochen an Leib und Seele. Tiere sind ungehemmter und ursprünglicher, also gewissermaßen menschlicher in dem körperlichen Ausdruck ihrer Gemütszustände als wir; Redensarten, die unter uns eigentlich nur noch in moralischer Übertragung und als Metapher fortleben, treffen bei ihnen noch – und das hat jedenfalls etwas Erheiterndes für das Auge – im frischen Wortsinne und ohne Gleichnis zu. Bauschan »ließ«, wie man sagt, »den Kopf hängen«, das heißt: er tat es wirklich und anschaulich, tat es wie ein abgetriebenes Droschkenpferd, welches, Geschwüre an den Beinen und dann und wann mit der Haut zukkend, an seinem Halteplatz steht, während eine Zentnerlast seine arme Nase, die von Fliegen wimmelt, gegen das Pflaster zu ziehen scheint. Es war wie ich sagte: diese zwei Hochschulwochen hatten ihn auf den Zustand zurückgeführt, worin ich ihn einst auf dem Vorberge entgegengenommen; er war nur der Schatten seiner selbst, würde ich sagen, wenn das nicht den Schatten des frohen und stolzen Bauschan beleidigen hieße. Der Hospitalgeruch, den er mitgebracht hatte, wich wohl wiederholten Seifenbädern im Waschtroge, bis auf selten aufschwebende Reste; aber wenn ein Bad für uns Menschen den seelischen Einfluß einer symbolischen Handlung besitzen mag, so konnte dem armen Bauschan die körperliche Reinigung noch lange nicht die Wiederaufrichtung seines Gemütes bedeuten. Am ersten Tage schon nahm ich ihn mit mir ins Revier hinaus, aber mit blöde hängender Zunge schlich er an meinem Fuß, und die Fasanen erfreuten sich dauernder Schonzeit. Zu Hause lag er noch tagelang, wie er zuletzt im Zwinger gelegen, und blickte gläsern über sich hin, im Innern schlaff, ohne gesunde Ungeduld, ohne mich zum Ausgehen anzuhalten, so daß vielmehr ich ihn von seinem Lagerplatz am Eingang der Hütte abholen und auftreiben mußte. Selbst die wilde und wahllose Art, in der er das Futter in sich schlang, erinnerte an seine unwürdige Frühzeit. Dann aber war es freudig zu sehen, wie er sich wiederfand; wie nach und nach seine Begrüßungen das alte treuherzig-scherzhafte Ungestüm zurückgewannen; wie er, statt mürrisch gehinkt zu kommen, zum ersten Male auf meinen Morgenpfiff wieder heranstürmte, um mir die Vorderpfoten auf die Brust zu setzen und nach meinem Gesicht zu schnappen; wie im Freien die stolze Lust an seiner Leiblichkeit ihm wiederkehrte, jene kühnen und anmutigen Vorsteh-Posen, jene steilen Sprünge mit angezogenen Füßen auf irgendein Lebewesen im hohen Grase hinab meinen Augen sich wieder darboten . . . Er vergaß. Der häßliche und für Bauschans Begriffsvermögen so unsinnige Zwischenfall sank hinab in die Vergangenheit, unerlöst eigentlich, unaufgehoben durch klärende Verständigung, welche unmöglich gewesen war, aber die Zeit deckte ihn zu, wie es ja auch zwischen Menschen zuweilen geschehen muß, und über ihm lebten wir fort, während das Unausgesprochene tiefer und tiefer ins Vergessen zurücktrat . . . Einige Wochen lang kam es noch vor, in zunehmenden Abständen, daß Bauschan eine gerötete Nase zeigte; dann verlor die Erscheinung sich, sie war gewesen, und so galt es denn auch gleichviel, ob es sich um Epistaxis oder um Hämatemesis gehandelt hatte . . .

Da habe ich, gegen mein Vorhaben, nun auch von der Klinik erzählt! Der Leser verzeihe die weitläufige Abschweifung und kehre mit mir in den Park zum Jagdvergnügen zurück, worin wir uns unterbrachen. Kennt er das weinende Geheul, womit ein Hund, seine äußersten Kräfte zusammenreißend, die Verfolgung des flüchtigen Hasen aufnimmt, und in welchem Wut und Wonne, Sehnsucht und ekstatische Verzweiflung sich mischen? Wie oft habe ich Bauschan es ausstoßen hören! Es ist die Leidenschaft, die gewollte, aufgesuchte und trunken genossene Leidenschaft selbst, die da durch die Landschaft gellt, und jedesmal wieder, wenn ihr wilder Schrei von fern oder nah an mein Ohr dringt, erschrecke ich auf eine heitere Weise; er fährt mir in die Glieder; froh, daß Bauschan heute auf seine Kosten kommt, eile ich vorwärts oder zur Seite, um die Hetze womöglich in mein Gesichtsfeld zu bringen, und wenn sie an mir vorüberbraust, stehe ich gebannt und gespannt, obgleich der nichtige Ausgang des Abenteuers im voraus feststeht, und schaue zu, indes ein erregtes Lächeln mir das Gesicht verzieht.

Der gemeine oder furchtsame Hase! Er zieht die Ohren durch die Luft, den Kopf im Genick rennt er um sein Leben und kratzt in langen Sprüngen vor dem innig heulenden Bauschan aus, indem er das Hintergeläuf, das weißlichgelbe Gesäß in die Lüfte schleudert. Und doch sollte er im Grunde seiner angstvollen und fluchtgewohnten Seele wissen, daß es nicht ernste Gefahr hat, und daß er davonkommen wird, wie noch jeder seiner Brüder und Schwestern und auch er selbst wohl schon ein oder das andere Mal in demselben Falle davonkam. Nie im Leben hat Bauschan einen von ihnen erwischt, und wird auch nicht, es ist so gut wie unmöglich. Viele Hunde, so heißt es, sind des Hasen Tod; ein einzelner kann es nicht schaffen, und überträfe er Bauschan auch noch an ausdauernder Schnelligkeit. Denn der Hase verfügt ja über den »Haken« – über den Bauschan nun einmal nicht verfügt; und damit ist die Sache entschieden. Es ist eine unfehlbare Waffe und Fähigkeit des zur Flucht Geborenen, ein jederzeit anwendbares Auskunftsmittel, das er im Sinne trägt, um es im entscheidenden und für Bauschan hoffnungsreichsten Augenblick anzuwenden – und Bauschan ist verkauft und verraten.

Da kommen sie schräg durch das Gehölz, überqueren vor mir den Pfad und schießen gegen den Fluß hin, der Hase stumm und seinen ererbten Trick im Herzen, Bauschan in hohen, jammernden Kopftönen heulend. »Heule nicht!« denke ich. »Du verausgabst Kräfte damit, Lungenkräfte, Atemkräfte, die du sparen solltest und alle zu Rate halten, um ihn zu bekommen!« Und ich denke so, weil ich an der Sache innerlich beteiligt bin, weil ich auf Bauschans Seite stehe, weil seine Leidenschaft auch mich ergreift, so daß ich ihm eifrig den Sieg wünsche, auf die Gefahr, daß er den Hasen vor meinen Augen in Stücke zerrisse. Wie er rennt! Ein Wesen in der äußersten Anspannung aller seiner Kräfte zu sehen, ist schön und genußreich. Er rennt besser als der Hase, seine Muskulatur ist stärker, der Abstand zwischen ihnen hatte sich deutlich verkleinert, bevor sie mir aus den Augen kamen. Und ich eile ebenfalls, ohne Weg, links hin durch den Park und gegen das Ufer und treffe eben rechtzeitig auf der Kiesstraße ein, um die Jagd von rechts anrasen zu sehen – die hoffnungsreiche, erregende Jagd, denn Bauschan ist dem Hasen fast auf den Fersen, er ist verstummt, er rennt mit zusammengebissenen Zähnen, die unmittelbare Witterung treibt ihn zum Letzten, und – »einen Vorstoß noch, Bauschan!« denke ich und möchte ich rufen; »gut gezielt und mit Besonnenheit, gib acht auf den Haken!« Aber da ist der Haken auch schon, das Unglück ist da. Der entscheidende Vorstoß geschah, und in dem gleichen Augenblick geschieht auch ein Ruck, ein kurzes, leichtes und schnippchenhaftes Wegzucken des Hasen im rechten Winkel zur Richtung des Laufes, und an seinem Hinterteile schießt Bauschan vorbei, schießt heulend, hilflos und bremsend, daß Kies und Staub emporstieben, geradeaus, und bis er seiner Bewegung Einhalt getan, sich herumgeworfen und sich in neuer Richtung wieder flott gemacht hat, bis, sage ich, dies unter Seelenqual und Jammergeheul vollbracht, hat der Hase einen bedeutenden Vorsprung gegen das Gehölz hin gewonnen, ja, ist dem Verfolger wohl gar aus den Augen gekommen; denn während seines verzweifelten Bremsens konnte dieser nicht sehen, wohin der andre sich wandte.

»Es ist umsonst, es ist schön, aber vergeblich«, denke ich, während die wilde Jagd sich in entgegengesetzter Richtung durch den Park hin entfernt. »Es müßten mehrere Hunde sein, fünf oder sechs, eine ganze Meute. Andre müßten ihm in die Flanke stoßen, ihm von vorn den Weg abschneiden, ihn stellen und ihm den Genickfang geben . ..« Und mein erregtes Auge erblickt ein Rudel von Schweißhunden, die sich mit hängenden Zungen auf den Hasen in ihrer Mitte stürzen.

Ich denke und träume so aus Jagdleidenschaft, denn was hat mir der Hase getan, daß ich ihm ein entsetzliches Ende wünsche? Zwar steht Bauschan mir näher, und es ist in der Ordnung, daß ich mit ihm fühle und ihn mit meinen Wünschen begleite; aber der Hase ist doch auch ein warmes Leben und hat meinen Jäger nicht aus Bosheit geprellt, sondern aus dem dringenden Wunsch, noch eine kleine Weile weiche Baumtriebe knabbern und seinesgleichen zeugen zu können. »Etwas andres«, fahre ich trotzdem fort zu denken, »etwas andres, wenn dies hier« – und ich betrachte den Spazierstock in meiner Hand –, »wenn dies hier nicht so ein unnützer, gutmütiger Stock wäre, sondern ein Ding von ernsterer Konstruktion, blitzträchtig und fernwirkend, womit ich dem wackeren Bauschan zu Hilfe kommen und den Hasen *aufhalten* könnte, so daß er mit einem Salto mortale zur Stelle bliebe. Dann bedürfte es keiner weiteren Hunde, und Bauschan hätte das Seine getan, wenn er den Hasen nur aufgebracht hätte.« Wie aber die Dinge liegen, ist es umgekehrt Bauschan, der, wenn er den verdammten »Haken« parieren will, sich zuweilen überkugelt, was übrigens in einigen Fällen auch der Hase tut; aber für ihn ist es eine Kleinigkeit, etwas Leichtes und Angemessenes, mit irgendwelchem Elendsgefühl gewiß nicht verknüpft, während es für Bauschan eine schwere Erschütterung bedeutet, bei der er sich recht wohl einmal den Hals brechen kann.

Oft nimmt eine solche Jagd schon in wenigen Minuten wieder ihr Ende, wennn es nämlich dem Hasen gelingt, sich nach kurzer Hatz im Unterholze hinzuducken und zu verbergen, oder den Jäger durch Haken und Finten von seiner Fährte zu bringen, so daß dieser, unsicher stutzend, hierhin und dorthin sprengt, während ich, in meinem Blutdurst, vergeblich hinter ihm dreinrufe und ihm mit dem Stock die Richtung zu weisen suche, in der ich den Hasen entspringen sah. Oft aber auch zieht das Gejaide sich lange und weit durch die Landschaft hin, so daß Bauschans inbrünstig jaulende Stimme wie ein Hifthorn fern in der Gegend erklingt, abwechselnd näher und wieder entrückter, während ich still, in Erwartung seiner Wiederkehr, meines Weges gehe. Und du mein Gott, in welchem Zustand kehrt er dann endlich zu mir zurück! Schaum trieft ihm vom Maule, seine Lenden sind ausgehöhlt, seine Rippen fliegen, lang hängt ihm die Zunge aus dem unmäßig klaffenden Rachen, der ihm die trunken schwimmenden Augen schief und mongolisch verzerrt, und sein Atem geht wie eine Dampfmaschine. »Lege dich, Bauschan, und ruhe dich aus, oder dich trifft der Lungenschlag!« spreche ich zu ihm und gehe nicht weiter, um ihm Zeit zur Erholung zu gönnen. Im Winter zumal wird mir angst und bange um ihn, bei Frost, wenn er keuchend die eisige Luft in sein erhitztes Inneres pumpt und als weißen Dampf wieder von sich stößt, auch ganze Mäuler voll Schnee verschlingt, um seinen Durst zu löschen. Während er aber daliegt, mit wirren Augen zu mir emporblickt und dann und wann seinen Geifer einschlappt, kann ich doch nicht völlig umhin, ihn wegen der unabänderlichen Ergebnislosigkeit seiner Anstrengungen etwas zu verspotten. »Wo ist der Hase, Bauschan?« kann ich wohl fragen. »Das Häschen bringst du mir also nicht?« Und er schlägt mit dem Schwanz auf den Boden, stellt, wenn ich spreche, einen Augenblick das hastige Pumpwerk seiner Flanken still und schlappt verlegen, denn er weiß nicht, daß mein Spott nur eine Regung der Scham und des schlechten Gewissens vor ihm und mir selber verschleiern muß, weil ich ihn meinerseits bei dem Handel wieder nicht unterstützen konnte und nicht der

Mann war, den Hasen »aufzuhalten«, wie es Sache eines richtigen Herrn gewesen wäre. Er weiß es nicht, und darum kann ich wohl spotten und es so hinstellen, als ob *er* es bei alldem irgendwie hätte fehlen lassen . . .

Seltsame Zwischenfälle ereignen sich bei diesen Jagden. Nie vergesse ich, wie der Hase mir einmal in die Arme lief . . . Es war am Fluß, auf der schmalen und lehmigen Promenade oberhalb seiner. Bauschan hetzte; und ich kam vom Gehölze her in die Uferzone, schlug mich durch die Distelstauden des Kiesdammes und sprang die grasige Böschung hinab auf den Weg in dem Augenblicke, als der Hase, Bauschan in einem Abstande von fünfzehn Schritten hinter sich, in langen und hüpfenden Sätzen aus der Richtung des Fährhauses, wohin ich mein Gesicht wandte, daherkam, mitten auf dem Wege und genau auf mich zu. Mein erster, jägerisch-feindlicher Antrieb war, die Gelegenheit wahrzunehmen und dem Hasen den Weg zu verstellen, ihn womöglich zurück in den Rachen des schmerzlich jauchzenden Verfolgers zu treiben. So stand ich, wie angewurzelt, reglos am Fleck und wog, von Leidenschaft umfangen, nur insgeheim meinen Stock in der Hand, indes der Hase näher und näher herankam. Sein Gesicht ist sehr schlecht, ich wußte es; einzig Gehör und Geruch vermitteln ihm Warnungen vor Gefahr. Er mochte mich für einen Baum halten, wie ich da stand – es war mein Plan, und ich wünschte heftig, daß er es täte und einem schrecklichen Irrtum damit unterläge, von dessen möglichen Folgen ich mir keine deutliche Rechenschaft gab, den ich aber auszunützen gedachte. Ob er diesem Irrtum zu irgendeinem Zeitpunkt wirklich verfiel, ist ungewiß. Ich glaube, er bemerkte mich überhaupt erst im alleräußersten Augenblick, und was er tat, war so unerwartet, daß es all mein Sinnen und Trachten im Nu über den Haufen warf und einen erschütternd plötzlichen Wechsel meines Gemütszustandes hervorrief. War er von Sinnen vor Todesangst? Genug, er sprang an mir hoch, genau wie ein Hündchen, lief mit den Vorderpfoten an meinem Überzieher empor und strebte aufrecht mit dem Kopfe in meinen Schoß, in des Jagdherrn schrecklichen Schoß hinein! Mit erhobenen Armen, den Oberkörper zurückgebeugt, stand ich und sah auf den Hasen nieder, der seinerseits zu mir aufblickte. Es war nur eine Sekunde lang so, oder auch nur während des Bruchteils einer Sekunde, aber es war so. Ich sah ihn so merkwürdig genau, sah seine langen Löffel, von denen der eine aufrecht stand, der andere nach unten hing, seine großen und blanken, kurzsichtig vortretenden Augen, seine schartige Lippe und langen Schnurrbarthaare, die Weiße seiner Brust und kleinen Pfoten, ich fühlte oder glaubte zu fühlen das Zucken seines gehetzten Herzchens – und es war seltsam, ihn so deutlich zu sehen und an mir zu haben, den kleinen Dämon des Ortes, das innere schlagende Herz der Landschaft, dies ewig flüchtige Wesen, das ich immer nur auf kurze Augenblicke in ihren Gründen und Weiten komisch Reißaus nehmend gewahrt hatte, und das sich in seiner höchsten Not und Auskunftslosigkeit nun an mich drängte und gleichsam meine Knie umfaßte, die Knie des Menschen – nicht dessen, so schien mir, der Bauschans Herr war, sondern die Knie dessen, der Herr ist auch von den Hasen und sein Herr so gut wie Bauschans. Es war, sage ich, nur eine geringe Sekunde so: dann hatte schon der Hase sich von mir gelöst, sich wieder auf die ungleichen Beine gemacht und die Böschung zur Linken ersprungen, während statt seiner Bauschan an meinem Standorte anlangte, Bauschan mit Horrido und allen Kopftönen der Leidenschaft, worin er bei seiner Ankunft scharf unterbrochen wurde. Denn ein gezielter und vorbedachter Stockschlag vom Herrn des Hasen ließ ihn quiekend und mit einem vorübergehend gelähmten hinteren Oberschenkel den Abhang zur Rechten ein Stück Weges hinunterstolpern, den er dann hinkend erst wieder erklettern mußte, bevor er mit starker Verspätung die Fährte des nicht mehr sichtbaren Hasen wieder aufnehmen konnte. –

Endlich ist da noch die Jagd auf Wasservögel, der ich ebenfalls einige Zeilen widmen will. Sie kann nur im Winter und im kälteren Frühjahr stattfinden, bevor die Vögel den Aufenthalt nahe der Stadt, der ihnen nur ein Notbehelf und eine Forderung des Magens ist, mit dem an den Seen vertauschen; und sie ist weniger erregend als die Hasenhetze es sein kann, hat aber gleichwohl ihr Anziehendes für Jäger und Hund, oder vielmehr für den Jäger und seinen Herrn: für diesen namentlich in landschaftlichem Betracht, da die vertrauliche Nähe des lebendigen Wassers damit verbunden ist; dann aber auch, weil es sehr unterhält und zerstreut, die Daseinsform dieser Schwimmer und Flieger anzuschauen und dabei gleichsam aus der eigenen herauszutreten, um versuchsweise an der ihrigen teilzuhaben.

Die Lebensstimmung der Enten ist milder, bürgerlicher, behäbiger als die der Möwen. Sie scheinen fast immer satt und von Nahrungssorgen wenig gequält,

wahrscheinlich, weil, was sie brauchen, regelmäßig vorhanden und der Tisch ihnen immer gedeckt ist. Denn wie ich sehe, fressen sie beinahe alles: Würmer, Schnecken, Insekten oder auch einfach einigen Schlamm und haben dann reichlich Zeit, auf den Ufersteinen in der Sonne zu sitzen, den Schnabel behaglich unter einen Flügel geschoben ein Schläfchen zu machen, sich das Gefieder einzufetten, so daß es mit dem Wasser so gut wie gar nicht in Berührung kommt, welches vielmehr in geronnenen Tropfen von seiner äußersten Oberfläche abperlt – oder auch nur zum bloßen Vergnügen auf den strömenden Fluten spazierenzufahren, wobei sie, den spitzen Steiß in der Luft, sich drehen und wenden und selbstgefällig die Schultern rücken.
Aber im Wesen der Möwen liegt etwas Wildes, Heiseres, Ödes und Schwermütig-Eintöniges; eine harte Stimmung darbender Räuberei umwittert sie, wie sie beinahe den ganzen Tag in Scharen und schräg kreuzenden Fluges den Wasserfall und jene Stelle umkrächzen, wo sich bräunliche Abwässer aus dem Mündungsschlund weiter Röhren in den Fluß ergießen. Denn das Niederstoßen auf Fische, worin sich einzelne üben, ist bei weitem nicht ergiebig genug zur Stillung ihres schweifenden Massenhungers, und es mögen widrige Brocken sein, mit denen sie oft vorliebnehmen müssen, wenn sie sie im Fluge den Zuflüssen entrissen und in ihren krummen Schnäbeln beiseite entführt haben. Sie lieben das Ufer nicht. Aber bei niedrigem Wsaserstande stehen und kauern sie dichtgedrängt auf den Klippen, die dann aus dem Flusse ragen, und die sie in weißer Masse bedecken, so, wie Klippen und Inseln nordischer Meere weißlich wim-

meln mögen von Heeren nistender Eidergänse; und es ist prächtig zu sehen, wie sie sich alle auf einmal krächzend aufmachen und in die Lüfte erheben, wenn Bauschan sie vom Ufer her, über die zwischenliegende Flut hinweg, mit Bellen bedroht. Sie könnten sich sicher fühlen; es hat keine ernste Gefahr. Denn von seiner eingeborenen Wasserscheu ganz zu schweigen, hütet Bauschan sich weislich und mit allem Recht vor der Strömung des Flusses, der seine Kräfte nie und nimmer gewachsen wären, und die ihn unfehlbar, Gott weiß wohin, ins Weite risse, zum Donaustrome vermutlich, doch würde er dahin in äußerst entstelltem Zustande gelangen, wofür wir schon Beispiele vor Augen hatten in Form geblähter Katzenkadaver, die wir unterwegs erblickten nach jenen Fernen. Nie geht er weiter in den Fluß hinein als bis auf die vordersten, schon überspülten Ufersteine, und wenn auch die genußreiche Jagdwut an seinen Gliedern zerrt, wenn er sich auch die Miene gibt, als sei er im genauen Begriff, sich in die Wellen zu stürzen, und nun, im allernächstfolgenden Augenblick, werde er es tun: so ist doch Verlaß auf seine Besonnenheit, die unter der Leidenschaft wachsam bleibt, und es hat bei dem mimischen Anlauf, der äußersten Vorbereitung zur Tat sein Bewenden – leeren Drohungen, die am Ende wohl überhaupt nicht von Leidenschaft diktiert, sondern auf Einschüchterung der Schwimmfüßler in höherer Kaltblütigkeit berechnet sind.

Und die Möwen erweisen sich zu arm an Kopf und Herz, um seiner Anstalten zu spotten. Bauschan kann nicht zu ihnen, aber er sendet sein Gebell, seine über das Wasser hindröhnende Stimme zu ihnen hinüber, diese erreicht sie, und auch sie ist etwas Materielles, ein Ansturm, der sie erschüttert, und dem sie nicht lange standzuhalten vermögen. Sie versuchen es wohl, sie bleiben sitzen, aber ein unruhiges Rücken geht durch ihr Gewimmel, sie drehen die Köpfe, eine und wieder eine lüftet auf alle Fälle die Flügel, und plötzlich rauscht ihre ganze Masse, einer weißlichen Wolke gleich, aus der es bitter und fatalistisch krächzt, in die Lüfte empor, und Bauschan sprengt auf den Steinen hierhin und dorthin, um sie auseinanderzuscheuchen und in Bewegung zu halten: denn Bewegung ist es, worauf es ihm ankommt, sie sollen nicht sitzen, sie sollen fliegen, flußaufwärts und -abwärts, daß er sie jagen kann.

Er fegt das Gestade entlang, von weither prescht er die ganze Länge des Ufers ab, denn überall sitzen Enten, den Schnabel in schnöder Behaglichkeit unter dem Flügel, und überall, wohin er kommt, fliegen sie auf vor ihm, so daß es in der Tat wie ein Reinfegen und lustiges Aufwirbeln des ganzen Strandstreifens ist – gleiten und plumpsen aufs Wasser, das sie in Sicherheit wiegt und dreht, oder fliegen gestreckten Kopfes über ihm hin, während Bauschan, am Ufer rennend, die Kraft seiner Füße ehrenvoll mit der ihrer Schwingen mißt.

Er ist entzückt und dankbar, wenn sie nur fliegen, wenn sie ihm zum herrlichen Wettrennen den Fluß hinauf und hinunter Gelegenheit geben, und sie kennen wohl seine Wünsche und ziehen gelegentlich Nutzen daraus. Ich sah eine Entenmutter mit ihrer Brut – es war im Frühling, der Fluß war schon leer von Vögeln, diese war mit ihren Kleinen, die noch nicht ziehen konnten, bei uns zurückgeblieben, und sie hütete sie in einem schlammigen Tümpel, der, von dem letzten Hochwasser zurückgeblieben, eine Vertiefung des trocken liegenden Flußbettes füllte. Dort traf Bauschan sie – ich beobachtete die Szene vom oberen Wege aus. Er sprang in die Pfütze, sprang mit Gebell und wilden Gebärden darin herum und jagte die Entenfamilie schrecklich durcheinander. Versteht sich, er tat keinem Mitgliede etwas Ernstliches an, aber er ängstigte sie über die Maßen, so daß die Küken, mit ihren Stummelflügeln schlagend, nach allen Seiten stoben, die Ente aber von jenem Mutterheroismus ergriffen wurde, der sich blind und tollkühn auch dem stärksten Feinde zur Deckung der Brut entgegenwirft und diesen oft durch einen rauschhaften, die natürlichen Grenzen scheinbar überschreitenden Mut zu verwirren und ins Bockshorn zu jagen weiß. Mit gesträubten Federn, den Schnabel gräßlich aufgerissen, flatterte sie in wiederholten Angriffen gegen Bauschans Gesicht, stieß heldisch aber- und abermals gegen ihn vor, wobei sie zischte, und wirklich erzielte sie durch den Anblick ihrer verzerrten Unbedingtheit ein verblüfftes Zurückweichen des Feindes, wenn auch, ohne ihn ernstlich und endgültig zum Abzug vermögen zu können, denn immer drang er Laut gebend aufs neue vor. Da wechselte die Ente ihr Verfahren und wählte die Klugheit, da der Heldenmut sich als unpraktisch erwiesen hatte. Wahrscheinlich kannte sie Bauschan, kannte von früher her seine Schwächen und kindischen Wünsche. Sie ließ ihre Kleinen im Stich – sie tat es *scheinbar*, sie nahm ihre Zuflucht zur List, flog auf, flog über den Fluß, »verfolgt« von Bauschan, verfolgt, wie er meinte, den sie im Gegenteil führte, und zwar am Narrenseil seiner Passion, flog mit dem Strome, dann gegen ihn, weiter und

weiter, während Bauschan im Wettrennen neben ihr hersprengte, so weit flußabwärts und vom Pfuhl mit den Küken weg, daß ich Ente und Hund im Weitergehen ganz aus den Augen verlor. Späterhin fand der Gimpel sich wieder zu mir, gänzlich verhetzt und um den Atem gebracht. Die bestürmte Pfütze aber war, wie wir wieder vorbeikamen, geräumt . . .
So machte es jene Mutter, und Bauschan wußte ihr noch Dank dafür. Aber er haßt die Enten, die sich in bürgerlicher Gemütsruhe weigern, ihm als Jagdwild zu dienen, die sich einfach, wenn er daherbraust, von den Ufersteinen auf das Wasser hinablassen und sich dort in schnöder Sicherheit vor seiner Nase schaukeln, unerschüttert durch seine machtvolle Stimme, nicht beirrt, wie die nervösen Möwen, durch seine mimischen Anläufe gegen die Flut. Da stehen wir auf den Steinen nebeneinander, Bauschan und ich, und zwei Schritte vor uns schwankt in frecher Sicherheit, den Schnabel in gezierter Würde gegen die Brust gedrückt, die Ente auf den Wellen, bestürmt von Bauschans wütender Stimme, doch gänzlich unangefochten davon in ihrer Vernunft und Nüchternheit. Sie rudert gegen den Strom, so daß sie ungefähr auf der Stelle bleibt; aber ein wenig wird sie doch in seiner Richtung abwärts gezogen, und ein Meter seitlich von ihr ist eine Stromschnelle, einer der schönen, schäumenden Katarakte, dem sie den eitel emporstehenden Steiß zuwendet. Bauschan bellt, indem er die Vorderfüße gegen die Steine stemmt, und ich belle innerlich mit; denn einiger Teilnahme an seinen Haßempfindungen gegen die Ente und ihre freche Vernünftigkeit kann ich mich nicht erwehren und wünsche ihr Böses. »Gib wenigstens acht auf unser Gebell«, denke

ich, »und nicht auf den Katarakt, damit du unversehens in den Strudel gezogen wirst und vor unsern Augen in eine schimpfliche und gefährliche Lage gerätst.« Aber auch diese zornige Hoffnung erfüllt sich nicht, denn knapp und genau im Augenblick ihrer Ankunft am Rande des Falles flattert die Ente ein wenig auf, fliegt ein paar Mannslängen gegen den Strom und setzt sich wieder, die Unverschämte.

Ich kann nicht denken an den Ärger, mit dem wir beide in solchen Fällen die Ente betrachten, ohne daß ein Abenteuer mir ins Gedächtnis kommt, von dem ich zum Schlusse Bericht erstatten will. Es war mit einer gewissen Genugtuung für mich und meinen Begleiter verbunden, hatte auch sein Peinliches, Störendes und Verwirrendes, ja führte eine vorübergehende Erkältung des Verhältnisses zwischen Bauschan und mir herbei, und wenn ich es hätte voraussehen können, würde ich den Ort, wo es unser wartete, lieber gemieden haben.

Es war weit draußen, flußabwärts, jenseits des Fährhauses, dort, wo schon die Uferwildnis nahe an den oberen Strandweg herantritt, auf dem wir uns hinbewegten, ich im Schritte und Bauschan, ein wenig vor mir, in schiefem und lässigem Bummeltrabe. Er hatte einen Hasen gehetzt, oder, wenn man so will, sich von ihm hetzen lassen, hatte drei, vier Fasanen aufgebracht und hielt sich nun eben ein wenig zu mir, um auch den Herrn nicht ganz zu vernachlässigen. Eine kleine Gruppe von Enten flog, die Hälse gestreckt und in keilförmiger Anordnung, über den Fluß, ziemlich hoch und näher gegen das andere Ufer hin, so daß sie als Jagdwild für uns auf keine Weise in Betracht kamen. Sie flogen mit uns, in unserer

Richtung, ohne uns zu beachten oder auch nur zu bemerken, und auch von uns warf nur dann und wann der eine und andere einen absichtlich gleichgültigen Blick zu ihnen hinüber.

Da geschah's, daß am jenseitigen, gleich dem unsrigen ziemlich steilen Ufer ein Mann sich aus dem Gebüsche hervorschlug und, sobald er den Schauplatz betreten, in eine Pose fiel, die uns beide, Bauschan ebenso unmittelbar wie mich, bewog, unsre Schritte zu hemmen und betrachtend gegen ihn Front zu machen. Es war ein hinlänglich stattlicher Mann, etwas rauh seinem Äußeren nach, mit einem hängenden Schnurrbart und bekleidet mit Wickelgamaschen, einem Lodenhut, der ihm schief in der Stirne saß, bauschigen Hosen, die aus einer Sorte harten Sammets, sogenanntem Manchester, bestehen mochten, und einem entsprechenden Wams, an dem man allerlei Gurt- und Lederwerk bemerkte, denn er trug einen Rucksack auf den Rücken geschnallt und eine Flinte am Riemen über der Schulter. Besser gesagt: er hatte sie so getragen; denn kaum war er auf dem Plan erschienen, als er die Waffe an sich zog und, die Wange schief gegen den Kolben gelehnt, ihren Lauf schräg aufwärts gegen den Himmel richtete. Ein Bein in der Wickelgamasche hatte er vorgestellt, in der Höhle seiner auswärts gedrehten Linken ruhte der Lauf, während er den Ellbogen einwärts unter denselben bog, den andern aber, den des rechten Armes, dessen Hand am Hahne lag, stark seitlich spreizte und sein visierendes Antlitz schief und kühn dem Himmelslicht darbot. Etwas entschieden Opernhaftes lag in des Mannes Erscheinung, wie sie dort über dem Ufergeröll, in dieser Freiluftszenerie von Buschwerk, Fluß und Himmel ragte. Unsere achtungsvolle und eindringliche Anschauung aber konnte nur einen Augenblick währen – da platzte drüben der flache Knall, auf den ich mit innerer Anspannung gewartet hatte, und der mich also zusammenfahren ließ; ein Lichtlein, blaß vor dem hellen Tag, blitzte gleichzeitig auf, ein Wölkchen dampfte ihm nach, und während der Mann sich einen Opernschritt vorwärts fallen ließ, Brust und Angesicht gen Himmel geworfen, die Flinte am Riemen in der rechten Faust, spielte sich dort oben, wohin er blickte und wohin auch wir blickten, ein Vorgang kurzer, stiebender Verwirrung ab: die Entengruppe fuhr auseinander, ein wildes Flattern entstand, wie wenn ein Stoßwind in losen Segeln knallt, der Versuch eines Gleitflugs folgte, und plötzlich zur Sache geworden, fiel der getroffene Körper, rasch wie ein Stein, in der Nähe des jenseitigen Ufers auf die Wasserfläche hinab.

Es war dies nur die erste Hälfte der Handlung. Doch muß ich mich hier in ihrer Ausmalung unterbrechen, um den lebendigen Blick meiner Erinnerung auf Bauschan zu richten. Geprägte Redensarten bieten sich an, um sein Verhalten zu kennzeichnen, Kurrentmünze, gangbar in großen Fällen, ich könnte sagen, er sei wie vom Donner gerührt gewesen. Allein das mißfällt mir, und ich mag es nicht. Die großen Worte, abgenutzt wie sie sind, eignen sich gar nicht sehr, das Außerordentliche auszudrücken; vielmehr geschieht dies am besten, indem man die kleinen in die Höhe treibt und auf den Gipfel ihrer Bedeutung bringt. Ich sage nichts weiter, als daß Bauschan beim Flintenknall, bei seinen Begleitumständen und Folgeerscheinungen *stutzte*, und es war dasselbe Stutzen, das ihm überhaupt vor auffälligen Dingen eigentümlich und mir an ihm wohlbekannt ist, nur allerdings ins Grenzenlose gesteigert. Es war ein Stutzen, das seinen Körper nach hinten, nach links und nach rechts schleuderte, ein Stutzen, das ihm beim Zurückprallen den Kopf gegen die Brust riß und ihm beim Vorstoß denselben beinahe aus den Schultern jagte, ein Stutzen, das aus ihm zu schreien schien: »Was? Was? Was war das? Halt, in drei Teufels Namen! *Wie war das?!*« Er schaute und lauschte die Dinge mit einer Art von Entrüstung, wie das höchste Erstaunen sie auslöst, in sich hinein, und dort waren sie auch schon, dort waren sie, als was für ungeheuerliche Neuigkeiten sie sich auch darstellen mochten, schon immer irgendwie anwesend gewesen. Ja, wenn es ihn riß, so daß er sich satzweise nach rechts und links halb um sich selber drehte, so war es, als schaute er sich im Ruck nach sich selber um, fragend: »Was bin ich? Wer bin ich? Bin ich's?« In dem Augenblick, da der Entenleib auf das Wasser fiel, tat Bauschan einen Sprung nach vorn, gegen den Rand der Böschung hin, als wollte er in das Flußbett hinab und sich ins Wasser stürzen. Doch besann er sich auf die Strömung, stoppte seinen Impuls, schämte sich und verlegte sich wieder aufs Schauen.

Ich beobachtete ihn mit Unruhe. Als die Ente gefallen war, fand ich, daß wir genug gesehen hätten, und schlug vor, wir sollten weitergehen. Er aber hatte sich hingesetzt, auf seine Hinterpfoten, das Gesicht mit den hochgespannten Ohren gegen das jenseitige Ufer gewandt, und als ich sagte: »Gehen wir, Bauschan?«, wandte er nur äußerst kurz den Kopf nach meiner Seite, wie wenn jemand nicht ohne Barschheit sagt:

»Bitte mich nicht zu stören!« – und schaute wieder. So beschied ich mich denn, kreuzte die Füße, stützte mich auf meinen Stock und sah ebenfalls zu, was weiter geschah.

Die Ente also, eine jener Enten, die sich oft in frecher Sicherheit vor unsrer Nase geschaukelt hatten, trieb auf dem Wasser, ein Wrack, man wußte nicht mehr, wo vorn und hinten war. Der Fluß ist ruhiger hier draußen, sein Gefälle nicht mehr so reißend wie weiter aufwärts. Immerhin ward der Entenbalg sogleich von der Strömung ergriffen, um sich selbst gedreht und fortgezogen, und wenn es dem Manne nicht nur ums Treffen und Töten zu tun gewesen war, sondern wenn er mit seinem Tun einen praktischen Zweck verfolgt hatte, so mußte er sich sputen. Das tat er, ohne einen Augenblick zu verlieren, es spielte sich alles in größter Schnelle ab. Kaum war die Ente gestürzt, als er auch schon springend, stolpernd und beinahe fallend die Böschung hinunterstürmte. Er hielt die Flinte gestreckten Armes dabei von sich, und wieder mutete es höchst opernhaft und romantisch an, wie er, gleich einem Räuber und kühnen Schmuggler des Melodrams, über das dekorationsmäßig wirkende Steingerölle hinabsprang. Berechnenderweise hielt er sich ein wenig schräg links, da die treibende Ente vor ihm davonschwamm und es für ihn darauf ankam, sie abzufangen. Und wirklich glückte es ihm, mit dem Flintenkolben, den er nach ihr ausstreckte, weit vorgebeugt und die Füße im Wasser, ihrem Zuge Einhalt zu tun und sie zu fassen: behutsam und unter Schwierigkeiten bugsierte er sie vor dem schiebenden Kolben gegen die Steine und zog sie an Land.

So war das Werk getan, und der Mann atmete auf. Er legte die Waffe neben sich an das Ufer, zog sein Felleisen von den Schultern, stopfte die Beute hinein, schnallte den Sack wieder auf und stieg, so angenehm beladen, gestützt auf seine Flinte wie auf einen Stock, in guter Ruhe über das Geröll und gegen die Büsche empor.

»Nun, der hat seinen Braten für morgen«, dachte ich mit Beifall und Mißgunst. »Komm, Bauschan, nun gehen wir, weiter geschieht nichts.« Aber Bauschan, nachdem er aufgestanden war und sich einmal um sich selbst gedreht hatte, setzte sich wieder und schaute dem Manne nach, auch als dieser vom Schauplatz schon abgetreten und zwischen den Sträuchern verschwunden war. Es fiel mir nicht ein, ihn zweimal zum Mitgehen aufzufordern. Er wußte, wo wir wohnten, und wenn er es vernünftig fand, mochte er noch längere Zeit hier sitzen und glotzen, nachdem die Sache sich abgespielt und nichts mehr zu sehen war. Der Heimweg war lang, und ich für meinen Teil machte mich daran, ihn zurückzulegen. Da folgte er denn.

Er hielt sich zu mir auf diesem ganzen peinlichen Heimwege, ohne zu jagen. Er lief nicht schräg vor mir, wie es sonst seine Gewohnheit, wenn er eben zum Stöbern und Spüren nicht aufgelegt ist, sondern ging etwas hinter mir, im Schritt, und zog eine Art von Maul, wie ich bemerken mußte, wenn ich mich zufällig einmal nach ihm umsah. Das hätte hingehen mögen, und viel fehlte, daß ich mich dadurch in Harnisch hätte jagen lassen; im Gegenteil war ich geneigt, zu lachen und die Achseln zu zucken. Aber alle dreißig bis fünfzig Schritte *gähnte* er, und das war es, was mich erbitterte. Es war das unverschämte, sperrangelweite, grob gelangweilte und von einem piepsenden Kehllaut begleitete Gähnen, das deutlich ausdrückt: »Ein schöner Herr! Kein rechter Herr! Ein lumpiger Herr!«, und wenn der beleidigende Laut mich niemals unempfindlich läßt, so war er diesmal vermögend, unsre Freundschaft bis in den Grund zu stören.

»Geh!« sagte ich. »Geh fort! Geh doch zu deinem Herrn mit der Donnerbüchse und schließ dich ihm an, er scheint ja nicht im Besitze eines Hundes, vielleicht kann er dich brauchen bei seinen Taten. Er ist zwar nur ein Mann in Manchester und kein Herr, aber in deinen Augen mag er ja einer sein, ein Herr für dich, und darum empfehle ich dir aufrichtig, zu ihm überzugehen, da er dir denn nun einmal einen Floh ins Ohr gesetzt hat, zu deinen übrigen.« (So weit ging ich.) »Ob er auch nur einen Jagdschein aufzuweisen hat, wollen wir ihn nicht fragen, es könnte sein, daß ihr in Ungelegenheiten kämet, wenn man euch eines Tages bei eurem sauberen Treiben ertappt, aber das ist eure Sache, und mein Rat ist, wie gesagt, der aufrichtigste. Über dich Jäger! Hast du mir je einen Hasen gebracht für meine Küche, von all denen, die ich dich hetzen ließ? Meine Schuld ist es nicht, wenn du keinen Haken zu schlagen verstehst und mit der Nase in den Kies fährst wie ein Narr, in dem Augenblick, wo es gälte, Gewandtheit zu zeigen! Oder einen Fasan, der doch nicht minder willkommen gewesen wäre in den schmalen Zeiten? Und jetzt gähnst du! Geh, sage ich. Geh zu deinem Herrn mit den Wickelgamaschen und sieh zu, ob er der Mann ist, dich an der Kehle zu krauen oder dich gar dahin zu bringen, daß du lachst – meinem Dafürhalten nach kann er selbst kaum lachen, höchstens sehr roh! Wenn du glaubst, daß *er* dich wissenschaftlicher Beobachtung übergeben wird, falls es dir einfällt, okkult zu bluten, oder daß du als *sein* Hund für nervös und anämisch erklärt werden wirst, so geh nur zu ihm, doch könnte es sein, daß du dich im Irrtum wiegtest in Hinsicht auf das Maß von Achtung, das diese Art Herr dir entgegenbringen würde! Es gibt Dinge und Unterschiede, für die solche bewaffneten Leute viel Sinn und Blick besitzen, natürliche Verdienste oder Nachteile, um meine Anspielung *schon deutlicher* zu machen, knifflige Fragen des Stammbaumes und der Ahnenprobe, daß ich mich ganz unmißverständlich ausdrücke, über die nicht jedermann mit zarter Humanität hinweggeht, und wenn er dir bei der ersten Meinungsverschiedenheit deinen Knebelbart vorhält, dein rüstiger Herr, und dich mit mißlautenden Namen belegt, dann denke an mich und diese meine gegenwärtigen Worte . . .«

So beißend sprach ich während des Heimganges zu dem hinter mir schleichenden Bauschan, und wenn ich auch nur innerlich redete und meine Worte nicht laut werden ließ, um nicht exaltiert zu erscheinen, so bin ich doch überzeugt, daß er genau verstand, wie ich es meinte, und jedenfalls der Hauptlinie meines Gedankenganges sehr wohl zu folgen vermochte. Kurz, das Zerwürfnis war tiefgreifend, und zu Hause angelangt, ließ ich absichtlich die Gartenpforte knapp hinter mir ins Schloß fallen, so daß er nicht mehr mit durchschlüpfen konnte und mit Ansprung hinüberklettern mußte. Ohne mich auch nur umzusehen, ging ich ins Haus und hörte noch, daß er quiekte, da er sich beim

Klettern den Bauch gestoßen, worüber ich nur höhnisch die Achseln zuckte. –
Das aber ist nun schon lange her, mehr als ein halbes Jahr, und es ist damit gegangen wie mit dem klinischen Zwischenfall: Zeit und Vergessen haben es zugedeckt, und auf ihrem Schwemmgrunde, welcher der Grund alles Lebens ist, leben wir fort. Längst, obgleich er noch einige Tage nachdenklich schien, erfreut Bauschan sich wieder in voller Unbefangenheit der Jagd auf Mäuse, Fasanen, Hasen und Wasservögel, und bei unserer Heimkehr beginnt schon sein Warten aufs nächste Mal. Oben vor der Haustür wende ich mich dann wohl noch einmal nach ihm um, und das ist das Zeichen für ihn, in zwei großen Sätzen über die Stufen zu mir heraufzuspringen und mit den Vorderpfoten an der Haustür hinaufzugehen, sich hoch daran aufzurichten, damit ich ihm zum Abschied die Schulter klopfe. »Morgen wieder, Bauschan«, sage ich, »falls ich nicht in die Welt gehen muß.« Und dann spute ich mich, hineinzukommen und meine Nagelschuhe loszuwerden, denn die Suppe steht auf dem Tisch.

Brief an einen Hund

München 10. V. 22

An Jack.

Ach, guter Jack, der arme Bauschan, dem Du so schön und freundlich schriebst, ist lange tot, – in die ewigen Jagdgründe eingegangen, um es tröstlich auszudrücken. Eine schwere Staupe, verbunden mit eitriger Lungenentzündung, raffte ihn fort, sehr bald, nachdem ich den Leuten von ihm erzählt, nachdem er also, sozusagen, auf anderer Ebene lebendig geworden, und manchmal kann ich den Gedanken nicht unterdrücken, daß da ein Zusammenhang bestehen könnte und, was ich that, vielleicht nicht gut gethan war an der Creatur, sondern sündhaft. Wer weiß es. Jedenfalls hatte er in einer hiesigen Zeitung einen sehr schönen Nekrolog, betitelt ›Bauschan‹ mit einem dicken Kreuz dahinter, das ist wahr, aber er hatte ja nichts davon. Daß er sich über Deinen Brief heftig gefreut hätte, leidet keinen Zweifel, bei dem Temperament, das ihn zierte. Sei bedankt in seinem Namen und Deinerseits dankbar für die Gunst des Schicksals, das Dir eine Herrschaft gab, die Dich liebt.

weil. Bauschans Herr